박선우 장편 소설

FUSION FANTASTIC STORY

PERFECT GAME 퍼펙트 ③ 게임

퍼펙트게임 3

박선우 장편 소설

초판 1쇄 찍은 날 § 2015년 6월 2일
초판 1쇄 펴낸 날 § 2015년 6월 9일

지은이 § 박선우
펴낸이 § 서경석

편집책임 § 이창진

펴낸곳 § 도서출판 청어람
등록번호 § 제387-1999-000006호
등록일자 § 1999. 5. 31
어람번호 § 제1-2140호

주소 § 경기도 부천시 원미구 부일로 483번길 40 서경B/D 3F (우) 420-822
전화 § 032-656-4452 팩스 § 032-656-4453
http://www.chungeoram.com
E-mail § chungeorambook@daum.net

ISBN 979-11-04-90259-8 04810
ISBN 979-11-04-90218-5 (세트)

박선우 장편 소설
FUSION FANTASTIC STORY

PERFECT GAME

퍼펙트 게임 3

청
림

CONTENTS

제1장   1군 진입   7

제2장   최종전   45

제3장   계약   73

제4장   전지훈련   113.

제5장   이글스 VS 샬럿 나이츠   153

제6장   하와이에 부는 열풍   203

제7장   이글스 VS 뉴욕 메츠   245

제1장
1군 진입

　CBS 스포츠의 '오늘의 프로야구'는 매일 벌어지는 프로야구의 하이라이트를 소개하고 경기를 분석하는 프로그램인데 워낙 진행이 깔끔하고 요소요소 흥미를 유발하는 뉴스들을 섞어 방송하기 때문에 야구팬들에게 많은 인기가 있었다.

　그 인기를 유지시키고 있는 비결에는 PD의 제작 능력과 패널들에 대한 신뢰도 있었지만 프로그램을 진행하는 황주희의 역할이 가장 컸다.

　완벽한 몸매와 단아한 마스크.

　톱 배우를 연상시킬 만큼 아름다운 외모에 좌중을 휘어잡는 언어 구사 능력은 단연 최고였고, 진행을 하면서 보여주는 그녀만의 매력적인 웃음은 보는 사람을 저절로 무장해제시키는 마력이 있었다.

대학교를 졸업하고 아나운서 공채 시험을 거쳐 리포터로 활동하다가 불과 6개월 만에 메인 MC 자리를 차지한 그녀는 금방 장안의 화제가 되었고, 프로야구가 열리는 시즌에는 한 달에 한 번꼴로 각종 포털 사이트의 검색 순위에 오를 만큼 인기가 많았다.

방송국에 들어선 황주희는 대기실로 들어가 작가들이 써 놓은 대본을 읽어보면서 자신이 별도로 할 멘트 내용에 대해 적어나가기 시작했다.

대본에 적힌 대로만 떠드는 순간 진짜 유능한 진행자가 될 수 없다는 소신을 가지고 있기 때문에 그녀는 대본과 방송의 흐름에 흥미 요소를 추가하고 분석의 신뢰를 더 확보하기 위해 가끔가다 패널들에게 직접 시범까지 보여달라는 부탁을 하곤 했다.

그녀가 대본과 자신의 멘트에 파묻혀 집중하고 있을 때 대기실의 문이 열리며 김명호와 양일석이 들어왔다.

김명호는 과거 타자로 상당한 명성을 날린 사람이고 양일석은 5년 전까지 삼성에서 에이스로 활약했는데 두 사람은 '오늘의 프로야구'를 황주희와 함께 이끌어가는 패널이다.

야구 분석 능력도 좋고 언변도 탁월했지만 그들을 패널로 활동하게 만들어준 원동력은 현역 시절 팬들에게 모범적인 생활로 사랑받았다는 것이다.

아무리 뛰어난 언변을 구사한다 하더라도 팬들에 대한 신뢰를 잃어버렸다면 두 사람은 금방 패널에서 낙마했을지도 모른다.

대본을 들고 황주희의 맞은편에 앉으며 김명호가 특유의 밝은 웃음을 지은 채 입을 열었다.

그는 황주희가 정신을 잃고 있을 때마다 먼저 말을 붙였는데 한 번도 양일석보다 늦은 적이 없었다.

"주희 씨, 종이 뚫어지겠다."

"오셨어요?"

"오늘은 또 뭐로 우릴 골탕 먹이려고 그렇게 열심히서? 힌트 좀 주시지?"

"호호, 오늘은 작가분이 워낙 꼼꼼하게 챙겨놔서 할 말도 별로 없네요."

"다행이네."

황주희의 대답에 너털웃음을 지으며 양일석이 나섰다.

메인 진행자인 그녀는 가끔가다 준비해 오지 못한 것에 대해서 불쑥불쑥 질문을 해왔기 때문에 곤란한 경우를 당한 적이 한두 번이 아니다.

이제 역사가 30년이 훌쩍 넘은 프로야구는 수많은 데이터가 난무했기 때문에 아무리 준비해도 종종 놓치는 경우가 있었다.

황주희나 피디는 그저 작은 웃음거리로 생각할지 모르지만 패널로 참석하는 그들에게는 상당한 부담감으로 작용할 수밖에 없었다.

패널의 생명은 지식과 신뢰이기 때문이다.

삼각형으로 둘러앉아 오늘의 경기에 대해서 분석하는 그들의 얼굴에는 웃음기가 완전히 빠져 있었다.

방송으로 들어가면 반쯤 웃는 얼굴로 시청자를 사로잡아야 하지만 대기실에서의 그들은 게임을 하나하나 분석해 가며 이야기할 내용과 흥미 요소들에 대해서 의견을 주고받았다.

오늘 벌어진 프로야구는 하위 팀들의 반란이 벌어진 날이었다.

전부 하위 팀의 홈에서 벌어진 오늘 경기는 이상하게 상위 팀이 무기력한 경기를 벌이며 죽을 썼기 때문에 할 말도 많았고 흥밋거리도 넘쳐 났다.

"김철민 투수가 난조에 빠진 게 늦게까지 묘령의 아름다운 아가씨와 술을 마셨기 때문이라는 거죠?"

"아주 친한 후배 놈이 슬쩍 이야기해 준 거니까 거의 확실할 거야."

"그 여자가 누군데요?"

"그야 나도 모르지."

"에이, 그럼 신빙성이 없는 거잖아요."

황주희가 입을 삐죽 내밀자 말을 꺼낸 김명호가 코를 훌쩍였다.

괜히 말했다가 본전도 못 뽑은 꼴이지만 그렇다고 그것으로 기가 죽은 모습은 아니었다.

방금 거론된 김철민은 트윈스의 에이스로서 벌써 8승을 거두고 있었고 얼굴도 잘생겨서 여자 팬들에게 엄청난 인기를 얻고 있는 프랜차이즈 스타였다.

정말 김명호의 말대로 그가 어떤 여인과 데이트를 했고 그 여인의 정체가 노출되었다면 특종이 될 만큼 커다란 뉴스거리였다.

하지만 그것은 스포츠신문이나 가십거리로 거론될 이야기지 '오늘의 프로야구'에서 언급할 내용은 아니었다.

프로그램의 특성 때문이다.

'오늘의 프로야구'는 말 그대로 오늘 벌어진 프로야구 경기의 하이라이트를 소개하고 경기 내용을 분석하며 스타에 대해서 심층 소개하는 프로그램이지 야구 선수의 사생활을 다루지는 않았다.

그럼에도 김명호가 그런 이야기를 꺼낸 것은 방송에 대한 긴장감을 풀고 진행자 간의 묘한 동지 의식을 확보하기 위함이었다.

누군가의 비밀을 공유한다는 것은 자신들도 모르게 한편이라는 동지 의식을 갖게 만들어 끈끈한 팀워크를 유지하게 해준다.

김명호가 코를 훌쩍이며 슬쩍 의자를 뒤로 밀어낼 때 양일석이 불쑥 나섰다.

"명호야, 내일 그 여자가 누군지 알아 와라. 나도 궁금하니까."

"형은 또 왜 이래? 내가 뭐 수사관인 줄 알아?"

"주희 씨가 궁금하다잖아."

"헐!"

같은 대학 1년 선후배 사이인 두 사람의 인연은 벌써 15년이 넘었기 때문에 대화의 질이 친근함을 넘어 노골적이었다.

그래도 마흔이 다 되어가는 양일석이 이제 스물넷에 불과한 황주희에게 잘 보이기 위해 아양을 떠는 모습은 결코 보고 싶지 않은 것이기에 김명호가 혀를 차댔다.

두 사람의 행동에 배꼽을 부여잡고 황주희가 박장대소를 터뜨렸다.

그녀는 누구보다 잘 웃어준다.

사람들의 행동에 잘 웃어준다는 것은 그녀의 매력을 한층 돋보이게 만드는 요소 중의 하나였다.

오늘 방송은 어느 때보다 잘될 것 같았다.

흥행 요소도 다분하고 방송 전의 긴장감도 완전히 해소했으니 문제가 발생할 일이 없었다.

양일석이 얼굴에 잔뜩 들어 있던 웃음을 천천히 거두며 입을 연 것은 황주희가 간신히 웃음을 멈추며 대본을 정리할 때였다.

"주희 씨, 그거 봤어?"

"뭐 말이에요?"

"아직 안 본 모양이네. 어젯밤부터 슬슬 올라오더니 오늘 각종 포털 사이트에 난리가 났더군. 괴물투수가 출현했다고."

"괴물투수라고요?"

"어제 퓨처스리그에서 자이언츠하고 이글스가 맞붙었는데 이글스의 선발로 나온 애가 9회에 155㎞/h를 던졌다는 거야. 포털에 보니까 사진 찍어서 올렸던데 믿을 수가 있어야지. 요즘은 워낙 짜깁기를 해서 올리는 애들이 많기 때문에 쉽게 믿으면 바보가 되거든. 그래서 직접 이글스에 있는 윤 코치에게 물어봤는데 끙끙거리면서 말을 제대로 안 해주더라고. 뭔가 있다는 생각에 이번에는 자이언츠의 손 코치한테 물어봤지.

그랬더니 손 코치는 순순히 인정하더군. 그 양반 말로는 155 km/h를 찍은 게 맞대."

"세상에, 155km/h면 도대체 얼마나 빠른 거죠?"

"작년 최고 기록이 이철영 투수가 던진 155km/h야. 우리나라 프로야구 최고 기록은 2003년 와이번스 손학길이 기록한 160km/h고 메이저리그 기록에는 170km/h도 있어."

"그럼 엄청 빠른 거네요."

"빠르지. 그런데 더 웃긴 건 이놈이 선발투수였다는 거야. 더군다나 9회까지 완투하면서 마지막 공으로 던진 게 155km/h를 찍은 거니까 이게 사실이라면 기네스북에 오를 일이지. 대부분의 강속구 기록은 마무리 투수들이 가지고 있거든. 내가 알아본 바로는 그놈이 9회까지 던진 공이 125갠데 그 상태에서 155km/h를 던졌다는 건 진짜 믿을 수 없는 일이야."

"그 사람 이름이 뭔데요?"

"주희 씨도 이름은 들어봤을 거야. 4년 전에 전국을 떠들썩하게 만들었다가 어깨 부상으로 그라운드를 떠난 놈."

"혹시 세광고의 이강찬?"

"맞아. 바로 그놈이지."

양일석의 대답에 황주희의 몸이 순식간에 모든 움직임을 멈췄다.

툭!

들고 있던 커피 잔이 떨어지며 대본과 옷을 더럽혔지만 황주희는 몸을 움직이지 않았다.

온몸에 들어 있던 힘이 한꺼번에 빠져 버렸고 머릿속이 하얗게 비어갔다.

이강찬.

그녀의 가슴 한구석에 언제나 들어 있는 이름.

어느 날 문득 바람처럼 사라진 사내.

어깨를 다친 후 세상을 떠돌다 죽었을 거라던 사내의 이름이 다시 들려오자 마치 그녀는 꿈속으로 빠져드는 것 같은 몽롱함에 정신을 차리지 못했다.

오랜 시간이 지났어도 결코 잊을 수 없는 이름. 그 이름은 바로 이강찬이었다.

*　　*　　*

강찬은 시합이 없는 날을 골라 대전으로 향했다.

어떡하든 견디고 견뎌내며 참아내려 했으나 은서에 대한 걱정을 지울 수가 없었다.

아니다. 걱정보다 더한 것은 그리움이었다.

보고 싶었다. 어려운 수술은 아니라고 했지만 무사히 퇴원해서 학교에 다니는 모습을 본 후에야 안심이 될 것 같았다.

천천히 걸어 교정으로 들어간 강찬은 약학대를 우측으로 끼고 돌아 도서관으로 향했다.

은서는 얼마나 열심히 공부를 하던지 수업이 없는 시간에는 언제나 도서관에서 살았기 때문에 그곳에서 기다리면 그녀를 볼 수 있었다.

사람의 경험은 무섭다.

그녀를 찾기 위해 처음 이곳에 왔을 때는 세 시간을 기다린 끝에 은서를 볼 수 있었지만 점차 시간이 지나자 금방 찾아낼 수 있었다.

몇 번의 경험으로 그녀가 주로 이용하는 열람실이 어딘가를 알게 되었기 때문이다.

은서가 자주 가는 열람실은 1층이기 때문에 들어가지 않아도 창문을 통해 그녀가 공부하는 모습을 지켜볼 수 있었다.

마음껏 볼 수 있다는 사실 하나만으로도 얼마나 즐거웠던가.

비록 숨어서 봐야 했지만 그것만으로도 훈련장으로 돌아가는 그의 가슴은 가벼워질 수 있었다.

도서관의 서쪽을 돌아가면 은서가 주로 이용하는 5열람실이 나오는데 한참을 찾아보아도 은서의 모습은 보이지 않았다.

날씨가 더워선지 열람실은 반쯤 비어 있었고, 그녀가 자주 앉는 자리도 비어 있었다.

실망하지는 않았다.

이전에도 이런 경우가 몇 번 있었기 때문에 도서관 뜰에 놓인 벤치에 조용히 앉아 기다렸다.

기다리다 보면 거짓말처럼 은서는 도서관에 돌아와 자리에 앉아 있었다.

벤치에 앉아 주변을 바라보자 캠퍼스의 정경이 한 폭의 그림처럼 눈으로 들어왔다.

주도로가 캠퍼스를 종으로 가로지르며 나 있고 마치 가지치듯 소로들이 주도로에서 빠져나와 혈관처럼 사방으로 퍼져 나갔다.

그 길을 학생들이 걸어가고 있었다.

여름방학이 끝나가는 시기였기 때문인지 캠퍼스는 학생들로 가득 차서 활기가 넘쳤다.

강찬이 움찔하며 몸을 낮춘 것은 주도로를 따라 걸어 올라오는 은서를 발견했기 때문이다.

보이지 않는 곳에 있었지만 은서를 보자 자신도 모르게 몸이 움츠러들었다.

아, 다행이다.

걸음은 안정되었고 불편해 보이는 곳이 없는 걸 보니 수술은 잘된 것 같았다.

은서를 보고 있자나 천천히 고동치던 가슴이 점점 빨라지기 시작했다.

'은서야, 나야. 오빠 여기 있어. 잘 있었니?'

천천히 걸어 나가 그렇게 인사하려 했다.

은서의 환한 웃음을 기대하며.

은서에 대한 감정이 사랑이란 것을 안 것은 죽음을 앞에 두고 방황할 때였다.

처음 그런 감정을 느꼈을 때는 아니라고 강하게 부정했다.

친오빠처럼 그를 따르는 열일곱 살짜리 어린 여동생을 남자로서 사랑한다는 건 있을 수 없는 일이라고 생각했다.

혜원 대사님에 의해 삶을 다시 시작한 후부터 고독과 고통에 결연히 맞서 싸우면서 은서에 대한 마음이 허상일 거라고 치부하기 시작했다.

보고 싶고 걱정이 되었지만 애써 그녀에 대한 기억을 지우며 오직 훈련에 매진했다.

그러나 오랜 시간이 지나고 산을 내려와 은서를 찾았을 때 그녀에 대한 마음이 사랑이었음을 다시 한 번 명확하게 알 수 있었다.

설레었다.

가슴은 정신없이 뛰었고 그녀를 바라보는 눈길은 더없이

따스하게 변해갔다.

사람을 사랑한다는 것은 기쁜 일임과 동시에 아주 슬픈 일이기도 했다.

모든 조건이 갖춰진 채 사귀는 사람은 그리 많지 않을 테지만 강찬은 유독 자신의 처지를 비관하며 은서에게 쉽게 나서지 못했다.

가슴속 깊은 곳에 새겨진 상처 때문이다.

절망의 깊은 골을 넘지 못하고 자살이란 극단적인 선택까지 하려 한 그의 마음은 사랑이란 과제 앞에 수없이 많은 망설임을 보였다.

사랑 참 어렵다.

나보다 먼저 동생을 생각하는 마음은 고백해야겠다는 결심을 하루에도 수십 번이나 멈추게 만들었다.

은서가 동생에서 여자로 보였을 때 얼마나 당황스럽고 놀랐는지 모른다.

남자인 자신이 그럴 정도인데 은서는 오죽할까.

오빠로만 생각하던 그녀가 자신의 감정으로 인해 놀라고 아파하는 것이 두려웠고, 명문대에 다니며 순탄한 삶을 살아갈 수 있는 그녀가 아무것도 없는 자신 때문에 불행해질 수 있다는 걱정이 언제나 먼저 머릿속을 차지했다.

웃긴 이야기라고 생각할지 모르나 강찬은 그랬다.

불행하고 힘든 그녀의 삶을 누구보다 잘 알고 있었으니 자신으로 인해 동생이 아파하고 힘들어하는 건 죽기보다 싫은 짓이었다.

그녀를 행복하게 해줄 수 없다면 자신의 사랑은 허상에 불과하다고 생각했다.

그랬기에 덧없이 시간을 보냈다.

4년이란 세월은 길고 길었지만 그의 고통과 고난은 멈추지 않았다.

어깨는 여전히 움직이지 않았고, 앞길은 아직도 한 치 앞도 보이지 않는 어둠 속에 놓여 있었다.

혼자서도 걷기 어려운 그 길에 사랑하는 그녀를 끌어들이는 건 절대 하고 싶지 않았다.

오늘 학교를 찾은 것은 그녀에게 자신의 어깨가 회복되었다는 사실을 알려주면서 천천히 자신의 마음을 꺼내기 위함이었다.

강속구를 던지게 되었으니 아직 성공을 하지는 못했지만 오빠가 아닌 남자로서, 동생이 아닌 사랑하는 여자에게 구애할 생각이었다.

그녀를 행복하게 해줄 수 있는 방법이 생긴 이상 용기를 내어 은서가 놀라지 않도록 천천히 사랑을 고백하고 싶었다.

그런 마음으로 왔다.

맛있는 저녁을 먹으며 그동안의 고통과 고독을 위로받고 그녀와 행복한 시간을 보내는 상상을 하면서.

그러나 은서가 귀공자처럼 생긴 남자와 나란히 서 있는 것을 본 순간 자신의 생각이 얼마나 어리석었는지 알 수 있었다.

벌써 4년의 시간이 흘렀는데 홀로 미친놈처럼 살아오느라 세월의 흐름을 알지 못한 모양이다.

은서는 그 옛날 자신만을 따라다니던 댕기 머리 소녀가 아니라 훌쩍 자라 남자 친구를 사귈 만큼 성숙한 여인으로 변해 있었다.

4년 동안 제대로 연락조차 하지 않고 전화마저 받지 않던 놈이 이제 와서 사랑 타령을 하며 동생의 인생을 방해한다는 생각이 들자 머릿속에서 번개가 치고 천둥소리가 울렸다.

피는 섞이지 않았지만 은서는 세상에서 둘도 없는 동생이었고 그녀 역시 자신을 누구보다 의지하며 따랐다.

그런 아이에게 욕심을 부리다니 아무래도 정신이 잘못된 모양이다.

은서의 옆에 서 있는 남자를 보자 부끄러움으로 그저 도망치고 싶다는 생각이 들었다.

은서에게 정말 어울리는 남자였다.

좋은 환경에서 자라나 공부를 했고 뛰어난 실력으로 명문대에 합격했을 것이다.

옷 입은 모습만으로도 그의 가정이 얼마나 부유한지 추측이 되었다.

저 남자는 졸업하면 일류 대기업에 취직을 할 것이고, 어쩌면 부모가 물려준 기업을 운영하며 상류사회에서 화려하게 살아갈지도 모른다.

지금의 자신과 비교조차 할 수 없는 남자의 모습에 저절로 위축되어 뒷걸음이 쳐졌다.

자신은 간신히 연습생으로 들어와 연봉 천이백만 원을 받으며 2군에서 뛰고 있는 삼류 선수에 불과했다.

지금까지 릴리프로 뛰다가 이제 겨우 선발로 한 게임을 뛴 햇병아리 투수였고, 구위가 회복되는 중이지만 아직 어깨가 완전하게 풀린 것이 아니었기 때문에 언제 1군으로 올라갈지 알 수 없는 처지이다.

지난 경기에서 9회 말에 155km/h를 찍은 구속은 시합이 끝난 다음 날 연습 투구를 했을 때 언제 그랬냐는 듯 사라져 버린 상태이다.

시합이 끝나고 어깨가 식어버리자 근육 걸림 현상이 다시 시작되었던 것이다.

물론 한번 풀린 근육이기 때문인지 제동 현상은 많이 완화되어 142km/h까지 찍혔으나 사람들을 놀라게 만든 강속구는 쉽게 나타나지 않았다.

어깨에 관한 문제임이 분명했다.

근육의 제동 현상은 어깨가 완전히 풀린 이후에 사라졌기 때문에 강력한 패스트볼을 뿌리기 위해서는 최소 80구 이상의 선행 투구가 필요할 것으로 판단되었다.

단순하게 추측한 것이 아니라 시합 때 나타난 구속의 흐름이 그랬다. 이틀 후면 또다시 등판해야 하기 때문에 시험해 보지는 못했지만 다음 시합도 비슷한 패턴이 반복될 것으로 예측되었다.

기쁨은 잠시였고 그에 대한 대비책이 필요했다.

속구를 시합 후반쯤에서야 던질 수 있다면 여전히 힘든 경기를 할 수밖에 없다.

장혁태 코치는 강찬의 보고를 들은 후 오히려 잘됐다는 얼굴로 2군에서 더 뛰며 몸을 추스르자는 말로 용기를 불어넣어 주었다.

위로는 되었지만 실망을 멈출 수는 없었다.

1군으로의 진입은 그가 꿈속에서조차 간절히 원하던 염원이기 때문이다.

강속구를 던지면서 금방 1군으로 올라갈 수 있을 거란 희망은 그렇게 사라져 갔다.

남들에게는 허락된 쉬운 길이 어째서 자신에게는 이토록

어렵게만 꼬이는지 정말 알 수가 없었다.

정말 생각할수록 지겹도록 힘든 인생이다.

그래, 돌아가자.

은서를 행복하게 만들어주지 못한다면 방해하지 말자.

은서는 은서의 인생을 살게 하고 나는 나의 인생에 집중하며 살아가는 것이 서로를 위해 좋다는 결론을 내렸다.

아주 나중에라도 그녀의 앞에 멋있는 오빠로 나타나기 위해서는 이를 악물고 최고의 투수가 될 것이다.

엘리트의 삶을 살아가는 동생에게 부끄럽지 않도록 멋진 남자가 되어 다시 돌아올 테다.

사랑도 할 것이다.

자신에게도 운명의 짝이 어딘가에 있을 테니 기회가 된다면 멋진 사랑을 하면서 은서에 대한 감정을 깨끗이 정리하고 싶다.

"야, 어딜 갔다 와! 나한테 보고 안 하고 자꾸 싸돌아다닐래?"

"무슨 일 있었어?"

"감독님이 아까부터 찾으신다. 얼른 가봐."

"왜?"

"내가 그걸 어떻게 알아. 얼굴이 그렇게 밝지는 않던데, 뭐 잘못한 거 있냐?"

"잘못은 무슨……."

임관의 물음에 강찬은 슬쩍 말꼬리를 흐렸다.

오늘은 오랜만에 시합이 없는 날이기 때문에 대부분의 선수가 외출을 나갔으니 외출 때문에 부른 것은 아니란 판단이 들었다.

정해진 룰에 따라 허락을 받은 외출이었으니 사리 분별이 명확한 김 감독이 그런 것으로 꼬투리를 잡지는 않을 것이다.

그럼에도 슬쩍 두려운 생각이 들었다.

이틀 전 시합에서 믿기 어려울 정도의 강속구를 던졌기 때문에 김 감독이 상당히 어려운 코너에 몰렸다고 한다.

그것도 그냥 강속구가 아니라 SNS에 올라올 정도로 빠른 패스트볼이었기 때문에 여기저기서 많은 전화를 받았다고 했다.

자신이 받는 전화와 감독이 받는 전화의 질이 엄청나게 다르다는 걸 잘 알고 있다.

전화 거는 사람의 지위가 다르고 그 내용에도 현저한 차이가 있을 것이다.

구단주를 비롯해서 야구 협회, 1군 감독과 코치, 프로야구 관련 기자들이 해온 전화를 받으면서 감독이 당황했을 걸 생각하자 한숨이 저절로 나왔다.

장 코치에게는 자초지종을 모두 말했지만 팀을 이끄는 감독과는 직접 대화를 한 적이 없다.

스스로 찾아가 대화를 나누기에는 어려운 상대였고, 부르지도 않았기 때문에 장 코치가 잘 해결해서 은근슬쩍 넘어갔으면 좋겠다는 생각을 하고 있었다.

하지만 세상일은 그리 만만하게 진행되지 않는다는 것도 잘 알고 있다.

김남구 감독의 방은 2층에 위치하고 있었는데 지금까지 단 한 번도 들어가 본 적이 없는 곳이다.

강찬은 긴장감으로 인해 입술이 살짝 말라왔기 때문에 혀를 내밀어 침을 바른 후 노크를 했다.

그러자 안에서 헛기침 소리와 함께 들어오라는 소리가 들렸다.

문을 열고 들어서자 소파에 앉아 있는 사람들이 보였다.

방 안에는 김 감독뿐만 아니라 장혁태 코치도 함께 자리하고 있었다.

강찬이 어정거리며 다가서자 김 감독은 아무런 말 없이 그저 빤히 쳐다볼 뿐이었고, 대신 장 코치가 나서며 자리에 앉으라고 손짓했다.

감독의 방은 생각보다 크고 화려했다.

김남구 감독의 입이 대뜸 열린 것은 강찬이 자리에 앉자마자였다.

"어디 갔다 온 거냐?"

"동생한테 갔다 왔습니다."

"동생?"

"고아원에서 같이 자란 동생이 대전에서 학교를 다니고 있습니다. 그래서 오랜만에 보고 싶어서 갔습니다."

강찬은 지금까지 은서에 대해서 누구한테도 이야기한 적이 없었다.

그랬기에 김 감독뿐만 아니라 장 코치까지 의외라는 표정을 지었는데, 그렇다고 놀란 것 같지는 않았다.

"좋아, 그건 그렇고, 너 어깨는 어때?"

"괜찮습니다."

"괜찮다는 게 무슨 말이야? 시합 때처럼 구속이 안 나온다는 거 사실이냐?"

"예."

"아직도 어깨가 아파?"

이제야 김 감독이 부른 이유를 알 것 같았다.

어제저녁 회복 훈련이 끝난 후 직구의 스피드가 나오지 않는다는 걸 장 코치한테 보고했는데 너무 늦어서 오늘에서야 감독한테 전해진 모양이었다.

"아무래도 어깨가 완벽하게 치료되지 못한 모양입니다."

"통증은?"

"통증은 없습니다. 공을 던지는 데는 아무런 지장이 없습니다."

"공을 많이 던져서 어깨 근육이 풀려야 빠른 직구를 던질 수 있다는 게 사실이냐?"

"추측입니다."

"그걸 말이라고 해? 인마, 상식적으로 말이 안 되잖아. 어깨는 공을 던질수록 피로해진다는 거 몰라?"

"그건 그런데 저는 조금 다릅니다. 제 어깨는 치료를 받은 후 아무리 던져도 끄떡없습니다. 9회 말이 되어서야 구속이 150km/h 이상 찍히는 거 직접 보셨잖습니까."

"허어."

강찬의 말에 김 감독의 입에서 이상한 탄성이 흘러나왔다.

하기야 저번 시합에서 벌어진 일은 상식으로 도저히 이해하지 못할 결과가 분명했으니 강찬의 말에 반박하기가 마땅치 않았다.

하지만 그는 곧 표정을 고치고 입을 열었다.

"슬로우 스타터란 얘기냐?"

"무슨 이유 때문인지는 모르겠으나 아무래도 그런 것 같습니다."

"너 도대체 어떤 치료를 받은 거냐. 이번 기회에 속 시원히 말해봐."

"침술이었습니다. 저도 자세한 건 잘 몰라서 뭐라고 말씀드리기가 곤란합니다."

"미치겠군."

"확실한 건 제 어깨가 점점 좋아지고 있다는 것입니다. 직구의 구속이 올라와서 어깨가 완전히 풀리지 않았는데도 어제 142㎞/h를 찍었습니다. 어떤 팀을 만나도 쉽게 두들겨 맞는 일은 없을 겁니다."

강찬이 말을 마친 후 자신을 바라보자 김 감독의 시선이 장혁태 코치 쪽으로 향했다.

장 코치는 팔짱을 끼고 둘의 대화를 듣고 있었는데 김 감독이 자신을 쳐다보자 슬그머니 강찬을 곁눈질한 후 마지못해 입을 열었다.

그가 들어오기 전에 두 사람이 입을 맞춰놓은 게 있는 것으로 보이는 행동이다.

"강찬아, 어깨는 너무 무리하면 다시 고장 날 수 있다. 그러니까 조심해서 다뤄야 한다."

"예."

"내 얘기는 무리해서 구속을 끌어 올릴 필요가 없다는 뜻이다. 너의 변화구는 140㎞/h대의 직구만 뒷받침해도 충분히 타자들을 압도할 수 있다. 그러니까 억지로 공을 던져서 팔에

무리가 가게 하면 안 된단 말이다."

"무슨 말씀이신지……."

"저번에는 워낙 잘 던져서 그냥 두고 봤지만 다음 시합부터 너의 투구는 100개로 한정할 거다. 어차피 투수들의 어깨를 보호하기 위해서 메이저리그뿐만 아니라 1군 시합에서도 모두 그렇게 하는 거니까 이상하게 생각할 필요 없다."

"그건… 제 공은 뒤로 갈수록 위력을 발휘하는데 꼭 그래야 합니까?"

"너의 구위는 내가 봤을 때 조금만 가다듬으면 1군에서도 충분히 통한다. 그러니까 다른 생각 하지 말고 이번 시즌은 여기에 머물면서 공이나 열심히 던져. 성적이 좋으면 올해가 가기 전에 1군으로 올라갈 수 있는 길을 마련해 주마. 어때, 잘할 수 있겠어?"

"…알겠습니다."

공손하게 인사를 하고 나가는 강찬을 바라보며 장혁태의 표정이 굳어졌다.

다른 뜻을 가지고 누군가를 속인다는 것을 좋아하지 않았다.

지금까지 살아오면서 남한테 해를 끼치며 살지 않으려 노력했지만 인생은 복잡하고 오묘해서 자신의 마음대로 되지 않는 경우가 왕왕 생기곤 했다.

지금 같은 경우도 마찬가지였다.

하고 싶지 않은 일이지만 그는 평생을 같이해 온 김남구 감독을 위해 가차 없이 총대를 메고 말았다.

후보 선수들이 싸우는 퓨처스리그에서 팀이 우승한다고 감독이나 코치가 좋아질 일은 하나도 없었다.

어차피 2군은 유망주를 키워 1군으로 보내기 위한 발판일 뿐이니 우승한다고 해도 지나가듯 축하를 해줄 뿐 특별한 상금이나 보너스가 있는 것도 아니기 때문이다.

그럼에도 강찬을 1군에 보내는 걸 주저한 것은 우승을 위해서가 아니라 바로 친형처럼 따르는 김남구 감독의 1군 진출이 눈앞으로 다가왔기 때문이다.

현재 이글스 1군 성적은 아홉 개 구단 중 꼴찌였다.

오명환 감독은 우승 제조기란 별명을 가진 사람으로 트윈스를 여러 번 우승시킨 명장이지만 작년에 이어 이번 시즌에도 이글스의 성적을 끌어 올리지 못하고 있었다.

구단은 오명환 감독의 요청으로 작년에 엄청난 자금을 들여 FA시장에 나온 우수한 선수들을 스카우트했지만 성적은 여전히 꼴찌를 달리는 중이다.

올해까지 꼴찌를 하게 되면 이글스는 연속 3시즌을 최하위에서 벗어나지 못하게 된다.

만년 꼴찌 구단이란 불명예스러운 타이틀이 이글스의 앞에 붙을 판이니 구단주를 비롯한 관계자들은 애를 바짝바짝 태우고 있었다.

하지만 시즌 중반을 넘어섰어도 점점 간격이 벌어질 뿐 성적은 나아질 기미를 보이지 않았다.

저번 통화에서 구단주가 김남구 감독에게 한 말은 빈말이 아니었다.

그룹의 실소유주인 회장은 이글스가 게임에 질 때마다 구단을 해체해야겠다며 측근들에게 불같이 화를 낸다고 들었다.

그룹의 이미지에 전혀 도움이 안 되는 야구단을 계속해서 운영할 이유가 없다는 게 회장의 주장이었다.

측근들의 적극적인 만류로 간신히 참고 있지만 계속 이런 상태가 지속된다면 어떤 결과가 벌어질지 누구도 예측할 수 없는 상황이다.

오명환 감독을 모셔오면서 최고의 대우를 해준 구단의 분위기가 심상치 않게 변한 것도 그런 이유 때문이었다.

명장으로 소문난 사람이지만 연속 2시즌을 꼴찌에서 벗어나지 못했기 때문에 언제까지 기다려 줄 수 없다며 경질 이야기가 서서히 흘러나오는 중이다.

감독 하나 자르는 것과 구단을 해체한다는 것은 근본적으로 사안이 다른 이야기였다.

구단을 해체한다는 것은 수많은 사람이 밥그릇을 잃는 걸 의미하는 것이니 감독을 잘라 위기를 면할 수만 있다면 구단은 가차 없이 그렇게 할 수밖에 없다.

은밀하게 떠도는 소문의 진원지는 신빙성 있는 곳이었고, 차기 감독으로 가장 크게 물망에 오르고 있는 사람 중의 하나가 바로 김남구였다.

현역에서부터 지금까지 무려 27년을 이글스에서 헌신한 김남구는 구단 관계자뿐만 아니라 선수들과 코치들까지 모두 존경하는 진정한 이글스맨이었다.

구단에서 감독을 경질할 때는 자진 사퇴라는 형식을 취하는 경우가 대부분이다.

팬들과 타구단의 눈총을 받지 않는 가장 좋은 방법이며 경질되는 감독의 자존심을 그나마 살려줄 수 있기 때문이다.

시즌이 끝나고 이글스의 성적이 꼴찌로 끝나는 순간 오명환 감독은 자진 사퇴라는 형식으로 이글스에서 물러날 것이 확실했다.

그래서 강찬을 보내지 않으려는 것이다.

김 감독과 장혁태 코치는 자이언츠와의 경기에서 강찬의 숨어 있는 위력을 절실히 깨달았다.

완벽한 제구력을 자랑하는 강찬의 변화구는 직구의 구속

이 140㎞/h대만 확보되어도 무시무시한 위력을 발휘하게 된다.

그런 강찬을 물러나는 오명환 감독의 손에 넘겨주기 싫었다.

유망 선수의 발굴은 신임 감독이 가져야 되는 최고의 덕목이며, 그것이 성적과 직결되었을 때 명장의 반열로 들어서는 명예를 누릴 수 있었다.

오명환 감독에게는 미안했지만 김남구 감독을 위해서는 반드시 강찬을 숨겨야 했다.

당당한 입성.

본인이 2군에서 직접 키운 천재 투수를 데리고 당당하게 1군으로 입장하는 김 감독의 모습을 보고 싶었다.

기간이 많이 남았다면 숨기는 것이 쉽지 않겠지만 이제 시즌은 반환점을 돌았고 불과 석 달도 남아 있지 않기 때문에 충분히 버틸 수 있을 거란 판단이 들었다.

강찬을 숨기려는 중요한 이유가 또 하나 있었으니 그것은 바로 강찬의 계약이 단년으로 되어 있다는 것이다.

시즌 전 부랴부랴 정식 선수로 계약했지만 1년짜리 단년 계약이었고 계약금 없이 연봉은 천이백만 원을 준 상태이다.

헐값 중의 헐값이고 최소 몸값만 먹이처럼 던져 준 말도 안 되는 계약이었다.

하긴 이해가 안 되는 건 아니었다.

연습생 신분에서 벗어나 정식 선수로 등록하는 경우에는 초년도에 대부분 강찬과 같은 계약을 하기 때문이다.

그럼에도 강찬이란 보물이 받기에는 턱없는 금액임은 분명했다.

만약 강찬이 이 정도의 위력을 나타낼 것이란 사실을 미리 알았다면 절대 그런 계약을 하지 않았겠지만 이미 늦어버려 되돌릴 수도 없었다.

그랬기에 1군으로 섣불리 올려 보내면 절대 안 되었다.

이런 계약을 해놓고 1군으로 보내서 좋은 성적을 발휘하게 된다면 내년 시즌엔 강찬을 이글스에서 볼 수 없을지도 모르기 때문이다.

막강한 자금력을 가진 다른 구단들이 강찬의 단년 계약 조건을 알게 되면 어떤 짓을 벌일지 상상도 할 수 없었다.

팀의 10년을 책임질 수 있을 만큼 막강한 위력의 투수가 눈 앞에 무장해제 상태로 있다는 걸 아는 순간 각 구단의 스카우터들은 무슨 수를 쓰더라도 잡으려고 최선을 다할 것이다.

강찬을 이용해 먹겠다는 심보를 가진 것은 아니다.

시즌이 끝날 때까지 강찬을 적절하게 컨트롤하며 최상의 컨디션을 유지하게 만들어줄 생각이다.

100개의 공만 던지게 하겠다는 언급도 그런 맥락의 하나이다.

아무리 어깨가 좋아도 무리한 투구를 하게 되면 언제 망가질지 모르기 때문에 최대한 보호해서 1군으로 올라갔을 때 활짝 비상할 수 있도록 철저하게 관리해 줄 계획이다.

순진한 놈의 눈망울을 확인하면서 마음이 좋지 않았다.

이글스에 남겨놓는 것이 목적이었지 불행한 삶을 살아온 강찬이 불리한 계약으로 몸이 매이는 걸 보고 싶은 것은 아니었다.

적정한 순간이 오면 강찬을 따로 불러 계약에 관한 이야기를 해줘야 한다.

놈은 오로지 공만 던졌을 뿐이니 계약에 관한 것은 아무것도 모를 게 분명했다.

퓨처스리그에서 이글스의 비상을 이끈 것은 고동식과 이강찬 두 에이스가 쌍두마차를 형성했기 때문이다.

고동식은 지난 두 달 동안 4승 2패를 해 금년 시즌 성적이 14승 8패였고, 중반부터 선발로 투입된 강찬은 7승 1패를 기록하고 있었다.

강찬은 장혁태 코치의 명을 충실히 따르며 선발투수의 임무를 수행해 나갔다.

장 코치는 자신이 한 공언대로 투구 수가 100개가 넘으면 무조건 교체해 줬기 때문에 강찬은 7회를 넘기는 경우가 거의 없었다.

1패를 당한 것도 1점 차 승부에서 가차 없이 강판당했기 때문에 기록한 것이다.

　그럼에도 최근 성적은 3연승을 기록하고 있었다.

　점점 직구의 속도가 올라와 최근에는 146㎞/h까지 찍었기 때문에 안타를 맞는 빈도가 점점 줄어들었고 실점도 세 경기에서 3점을 기록한 것이 전부이다.

　그런 활약을 발판으로 이글스는 상무를 제치고 자이언츠에 1게임 차로 바짝 따라붙었다.

　앞으로 일곱 게임이 남아 있는 상태이기 때문에 두 팀은 팽팽한 긴장감으로 분위기가 터져 나갈 정도였다.

　열광하는 팬들이 있는 것도 아니고 구단에서 첨예한 관심을 보인 것도 아니지만 코치들과 선수들은 우승의 열망을 가슴에 품고 전력을 다하고 있었다.

　　　　　*　　　*　　　*

　임관이 문을 열고 뛰어들어 와서 강찬을 찾은 것은 휴게실에서 눈을 감고 음악을 들을 때였다.

　그는 다짜고짜 강찬의 귀에서 이어폰을 뺐는데 꽤나 흥분한 얼굴을 하고 있었다.

　"뭐냐, 인마?"

"강찬아, 빅뉴스다."

"뭔데?"

"감독님이 1군으로 올라가신단다."

"코치로?"

"아니, 감독으로."

"미친놈, 이번에도 내가 속을 것 같냐. 넌 어째 맨날 말도 안 되는 거짓말을 하냐."

"이놈이 정말. 왜 안 믿는 건데?"

"오명환 감독님이 버젓이 계신데 김 감독님이 어떻게 1군으로 올라가느냐고. 넌 한 팀에 감독을 둘씩 두는 구단 봤냐?"

"오늘 저녁에 기자 발표회 하신단다. 자진 사퇴 형식으로."

"정말이야?"

비실거리며 웃던 강찬이 한쪽 귀에 남아 있던 이어폰을 빼 들며 가슴을 앞으로 내밀었다.

임관의 얼굴을 확인해 보니 거짓말이 아닌 것 같았다.

그때서야 임관의 일그러졌던 얼굴이 펴졌다.

자신의 말을 못 믿는 태도에 잔뜩 우그러들었던 그의 얼굴은 급 반응을 보이는 강찬의 태도에 언제 그랬냐는 듯 활짝 펴지며 연신 침을 튀겨냈다.

"이런 경우는 거의 없었는데 구단에서 상당히 급했나 봐. 일설로는 회장님이 직접 경질하라고 구단주한테 오더를 내렸다는 소문이 있어."

"아무리 그래도 그렇지, 시즌이 거의 끝나가는 마당에 경질하는 경우도 있나?"

"왜 없어. 여기 있잖아. 그룹 왕 회장님은 옛날 조선시대 왕이나 다름없단다. 한 마디면 그걸로 끝이야."

"그것참, 환장하겠네. 한창 우승 경쟁을 하고 있었는데 갑자기 감독님이 가버리시면 어쩌지. 분위기 거의 다 올라왔는데 졸지에 다운될 수도 있겠다."

"걱정할 거 없어. 장 코치님이 당분간 감독 대행을 하실 것 같아. 다른 사람이 오는 건 아니니까 분위기가 흐트러지는 일은 없을 거다."

하긴 맞는 말이다.

감독이 부재해도 코치진이 그대로 남는다면 크게 팀워크가 흔들릴 것 같지는 않았다.

하지만 강찬의 마음은 임관과 달리 급하게 뛰기 시작했다.

금년이 가기 전에 1군으로 올라가게 해주겠다는 김 감독과 장혁태 코치의 말이 아직도 생생히 귓가에 남아 있었기 때문이다.

*　　　　*　　　　*

소파에 마주 앉은 김남구 감독과 장혁태 코치의 얼굴이 심각하게 변해 있다.

그들의 얼굴은 편치 않았는데 풀리지 않는 뭔가가 있는 것 같았다.

손가락을 이로 깨물던 김 감독의 입이 불쑥 열린 것은 식어가는 커피 잔을 장혁태가 잡아갔을 때다.

"네 생각은 어떠냐?"

"그래도 가야지요."

"씨발, 계약 기간을 1년으로 하겠다는데 어떤 미친 새끼가 좋다고 사인을 하냐. 이 새끼들이 날 호구로 본 모양인데, 난 그렇게는 못 해."

"오 감독님한테 워낙 크게 당해서 그런 걸 겁니다. 설마 자진 사퇴 인터뷰를 하면서 그런 말씀을 할 거라고는 저도 생각하지 못했습니다. 구단도 사정이 있겠지요."

"허어, 이것 참, 하여간 웃기지도 않게 됐다."

장혁태가 달래듯 작은 목소리로 위로하자 김 감독은 쓴웃음을 지었다.

어제 있던 기자 인터뷰에서 오명환 감독은 자진 사퇴라는 형식과 전혀 어울리지 않게 구단을 원망하는 내용을 이야기함으로써 구단을 발칵 뒤집어놓았다.

그의 얘기는 아직 계약 기간이 1년이나 남았고 시즌 중임에도 구단에서 사퇴 압력을 계속해서 넣어왔다는 것이다.

시즌이 끝나면 알아서 그만둘 텐데 그사이를 못 참고 끊임없이 압력을 행사한 구단의 처사를 그는 격렬하게 성토했다.

그의 인터뷰가 여과 없이 각종 언론에 노출되면서 구단과 그룹 책임자들은 된서리를 맞고 말았다.

그룹에서 프로 구단을 운영하는 목적은 이익 창출보다는 그룹 홍보와 이미지 개선이 주목적인데 연속으로 꼴찌하면서 감독 경질마저 순탄하지 못했으니 구단 자체가 휘청거릴 수밖에 없었다.

그런 불똥이 김남구 감독에게까지 튀었다.

구단은 프로야구에서 유례없는 단년 계약을 제시하며 윗선의 지시니까 이해해 달라고 통사정을 해왔다.

처음에는 완강하게 버텼지만 시간이 갈수록 마음이 약해져 갔다.

자신의 꿈은 이글스를 우승으로 이끄는 것이지 많은 돈을 벌려는 것은 아니었다.

그럼에도 아쉬운 것은 언제든지 그만둬야 된다는 조건으로 팀을 맡아야 된다는 것이다.

물론 프로야구 판에서 감독의 목숨은 파리 목숨에 불과하다는 걸 잘 알고 있지만 계약에서부터 그런 전제 조건을 깔고 들어가는 건 마음에 들지 않았다.

　김 감독이 자신의 말에 더 이상 고집 피우지 않고 몸을 소파에 깊게 파묻자 장혁태의 얼굴에 슬며시 미소가 떠올랐다.

　단년 계약이든 뭐든 김남구는 야구인의 꿈이라는 1군 감독 자리를 맡게 되었으니 진정으로 축하해 줄 일이었다.

　"감독님, 짐은 언제 쌉니까?"

　"가져갈 짐도 없다. 처음부터 몸만 왔는데 가져갈 게 뭐가 있겠어."

　"고생할 각오는 하셔야겠어요. 그래도 워낙 망가져 있으니까 처음부터 큰 기대를 가지고 들볶지는 않을 겁니다."

　"그렇겠지."

　"이제 가시면 동계 훈련부터 고민하셔야겠네요."

　"그건 네가 전문이잖아."

　"데려가실 겁니까?"

　"그럼 바늘 가는데 실이 안 따라오려고 그랬어?"

　"전 2군 감독으로 있으면서 애들 키우는 것도 좋습니다."

　"지랄하지 말고 금방 부를 테니까 기다리고 있어. 고동식하고 강찬이도 준비시키고."

　"알겠습니다."

제2장
최종전

　김남구 감독이 1군으로 올라간 후에도 경기는 여전히 계속되었다.

　자이언츠와 1게임 차던 순위는 계속 지고 이기기를 반복하며 변함없이 진행되다가 시즌 한 게임을 남기고 고동식이 다이노스를 잡아냄에 따라 기어코 동률을 이루었다.

　코치와 프런트도 기뻐했지만 선수들의 기쁨도 남달랐다.

　1군은 물론이고 2군까지 최근 몇 년 동안 하위권에서 맴돌았기 때문에 이글스는 자신들도 모르게 패배라는 매너리즘에 빠져 있었다.

운동선수들에게 패배감이란 죽음과도 같은 것이다.

가슴속에 아로새겨진 낙인처럼 자존심에 상처를 입고 살아간다는 것은 너무나 괴로워 차라리 도망가고 싶다는 마음을 들게 만들 정도였다.

그런 그들이 연전연승하며 승리를 연호하게 되었으니 얼마나 기쁘겠는가.

팀의 사기는 하늘을 찌를 정도였고, 선수들은 경기장에 나가며 웃음을 지우지 않았다.

성적이 좋지 못했을 때는 갖은 인상을 쓰면서 침묵을 지키던 선수들이 최근 들어서는 동료들과 농담하며 장난치는 모습이 곳곳에서 보였다.

팀은 성적에 의해서 분위기가 달라지는 모양이다.

"강찬아!"

"예, 감독님."

"그렇게 부르지 말라니까. 그것참, 벌써 열흘쨀데도 감독이란 소리만 들으면 가슴이 펄쩍펄쩍 뛰어. 난 아무래도 출세하긴 그른 것 같다."

"별말씀을 다 하십니다."

더그아웃 앞에 앉아 있던 장혁태 코치가 지나가던 강찬을 부른 후 입을 쩍쩍 다셨다.

선수들이 자신을 감독이라고 부르면 아직도 어색했다.

더군다나 아직 대행 체제라서 쑥스럽기도 했고 시즌이 끝나면 김 감독의 부름으로 1군에 올라가 코치 생활을 해야 하니 장혁태는 감독이란 소리를 가급적 하지 말라고 지시했지만 머리가 단순한 선수들은 꼬박꼬박 자신을 감독이라고 불러서 환장하게 만들었다.

오늘은 경기가 없어서 쉬는 날이었으나 선수들은 고참부터 신입까지 한 명도 빠지지 않고 연습에 참여했다.

이제 시즌 최종전까지는 한 게임이 남았고, 날짜로 따져도 내일이면 올 시즌이 아웃되기 때문에 어젯밤 숙소를 이탈한 사람은 아무도 없었다.

더군다나 내일 벌어지는 자이언츠와의 최종전은 남부 리그 우승을 가리는 긴장된 한판 승부다.

장혁태는 대답을 해놓고 멀뚱멀뚱 자신을 바라보는 강찬을 향해 해맑은 웃음을 지어 보였다.

내일 최종전의 선발투수는 강찬이기 때문에 이글스의 우승 여부는 그에게 달려 있었다.

"컨디션 어떠냐?"

"좋습니다."

"얼마나?"

"이 정도 컨디션이면 하늘로 훨훨 날아갈 것 같습니다."

"다행이구만. 그럼 내일 기대해도 되겠지?"

"최선을 다하겠습니다."

"대답이 어째 그래. 슬쩍 꽁무니 빼는 것 같네?"

"그럴 리가요."

이번에는 강찬이 웃었다.

사람 일은 어떻게 될지 모르기 때문에 조금 후퇴했더니 장혁태는 그걸 그대로 넘겨주지 않았다.

꺼려지기보다는 오히려 후련해졌다.

어차피 내일 시합은 죽이 되든 밥이 되든 끝장을 봐야 하는 시합이었으니 오히려 장혁태가 그렇게 짚어주고 나오자 마음이 개운했다.

시즌 초반부터 에이스 역할을 해주던 고동식이 건재한 상태지만 현재 팀 분위기로 봤을 때 이글스의 진정한 에이스는 강찬이라고 봐도 무방했다.

공의 구위가 타자를 압도했고, 최근 피안타율이나 방어율을 봐도 강찬의 기록이 훨씬 더 좋았다.

그런 측면에서 본다면 내일 시합은 이글스가 절대적으로 유리했다.

자이언츠의 에이스인 윤완석은 어제 다이노스전에 출전했기 때문에 내일 경기에 나올 수 없는 형편이다.

장혁태 코치의 입이 다시 열린 것은 임관이 슬금슬금 다가와서 그들의 옆에 섰을 때다.

임관은 강찬의 공을 받기 위해 기다리고 있었는데 한참이 지나도록 두 사람이 웃으며 헤어질 생각을 안 하자 다가온 것이다.

비밀 이야기가 아니라 일상적인 이야기였고, 다가온 사람이 들어야 할 내용이라면 말하는 데 거리낌이 없어진다.

지금의 장혁태처럼.

"너희 둘 다 잘 들어."

"예, 감독님."

"내일 시합은 가급적 교체하지 않을 거다. 그러니까 투구수 조절하면서 완투한다는 생각으로 던져."

이글스의 팬들이 1군 경기를 제쳐 놓고 서산구장을 찾아온 것은 2군의 우승 가능성이 크기 때문이다.

시즌 중반까지 그 나물의 그 밥처럼 중하위권을 맴돌더니 어느 순간부터 무섭게 치고 올라온 이글스는 우승을 눈앞에 두고 있었다.

팬들이 서산구장을 찾기 시작한 것도 그때부터였다.

인원은 많지 않았지만 팬클럽 회원들을 시작으로 열댓 명씩 찾아오던 팬들은 1위로 올라온 이틀 전 시합에는 거의 백 명이 왔다.

그리고 오늘.

우승을 두고 자이언츠와 맞붙은 서산구장에는 이백이 홀

쩍 넘는 팬들이 찾아와 시합 한 시간 전부터 기다리는 중이다.

경산이나 목동에서 있을 법한 일이 서산에서 벌어지자 구단 프런트는 부랴부랴 팬들을 위한 기념품과 음료수를 준비하느라 정신이 없었고, 코치들과 선수들은 찾아온 관중들에게 손을 들어 인사하느라 바쁜 시간을 보내야 했다.

신바람 야구는 관중들이 있을 때에야 가능하다.

2군 시합을 하면서 텅 빈 스탠드를 바라보며 경기하던 이글스 선수들의 얼굴이 좌우측을 메운 팬들을 확인하곤 붉어지기 시작했다.

관중들의 함성은 피를 빠르게 돌게 만드는 흥분제와 같기 때문이다.

아는지 모르겠지만 요즘 팬들의 트랜드를 보면 남녀의 비율이 거의 반반이다.

또 하나의 특성을 든다면 예전과 다르게 IT와 스마트폰이 발달하면서 선수들의 특징과 장단점을 면밀하게 분석하는 팬이 많아졌다는 것이다.

"와아아!"

함성에 섞인 여자들의 소리가 마치 길고 긴 사슴의 울음소리처럼 들렸다.

여자들은 강찬이 마운드에 오르자 비명과 같은 함성을 질러대고 있었는데 잠깐의 시간이 흐르자 조직적으로 이름을 연호하기 시작했다.

"이강찬! 이강찬!"

강찬은 마운드에 올라 팬들의 연호에 모자를 벗어 인사한 후 임관을 바라보았다.

임관의 얼굴이 굳어져 있다.

놈은 마지막 경기가 주는 긴장감을 이겨내지 못한 모양이었다.

강찬은 그런 놈을 보며 슬쩍 웃어주었다.

안방마님이 긴장하게 되면 투수가 마음대로 공을 던지지 못한다.

그랬기에 강찬은 연습 투구를 하기 전 마운드에서 내려와 포수석으로 걸어갔다.

그러자 임관이 자리에서 벌떡 일어나 마주 달려 나왔다.

"왜 그래?"

"긴장했냐?"

"씨발, 조금 긴장되긴 하네."

"저기 봐라. 관중들 무지 많이 왔다. 좋지?"

"네 이름만 부르는데 내가 좋을 게 뭐가 있어?"

"질투하는군."

"흥, 질투 맞다."

"질투하는 놈이 왜 긴장을 하고 그래?"

"그거하고 그건 다른 거야. 이번에 이기면 우승이잖냐. 아우, 오줌 마려."

"더 긴장되게 해줄까?"

"뭔데?"

"너 이번 시즌 끝나면 감독님이 1군으로 올려준단다."

"크크크, 까불고 있어. 귀여운 자식. 어디서 내가 하던 수법을 써먹어?"

임관의 얼굴이 풀어지며 기괴한 웃음소리가 나왔다.

말도 안 되는 거짓말은 그의 특기였고 언제나 강찬이 당해왔는데 거꾸로 되자 그는 가소롭다는 웃음을 흘려냈다.

그럼에도 강찬의 말이 그의 긴장을 풀어준 모양인지 뒤돌아 뛰어가는 그의 어깨가 풀린 게 보였다.

그런 임관을 보며 강찬이 풀썩 웃었다.

임관은 당연히 거짓말로 여겼으나 장혁태는 정말로 그런 생각을 가지고 있었다.

현재 1군의 포수들은 노쇠하거나 공격력은 강한데 수비력이 약해서 김남구 감독의 고민거리였다.

더군다나 임관은 수비가 좋고 강찬과 고동식의 공을 받아내면서 좋은 활약을 했기 때문에 1군으로 올라갈 가능성이 컸다.

강찬은 임관이 포수석에 앉는 걸 확인한 후 천천히 공을 던졌다.

어깨는 마운드에 올라오기 전 충분히 풀었기 때문에 코너 워크 위주로 연습 투구를 했다.

전력을 다하지는 않았다.

연습 투구는 말 그대로 시합에 들어가기 전 컨디션 조절 차원에서 던지는 공이니 홈 플레이트로 빨려들어 가는 공의 흐름만 느끼면 된다.

이동렬과 곽선화는 연인 사이다.

처음에는 생면부지의 남남이었으나 이글스의 팬클럽에서 만나 회장과 부회장을 맡으면서 연인으로 발전했다.

나이는 이동렬이 32이고 곽선화가 29이기 때문에 세 살 차이가 나지만 둘은 마치 친구처럼 지내며 사랑을 키워가고 있었다.

작년에 곽선화가 부회장직을 사퇴하기는 했지만 그들은 야간경기가 있는 날이나 휴일이면 야구장을 찾아 이글스를 응원했다.

물론 그들이 찾아간 곳은 1군 경기가 벌어지는 대전구장이었고, 서산구장을 찾은 것은 이번까지 세 번뿐이다.

이동렬은 강찬을 바라보며 연호를 멈추지 않는 곽선화를 보며 어깨를 툭 쳤다.

그만하고 이제 앉아서 보자는 신호다.

마침 이름을 연호하던 것도 한풀 꺾였기 때문에 곽선화는 예쁘게 눈을 흘기며 자리에 앉았다.

이제 3년째 들어서는 그들은 눈빛만 봐도 상대의 의도가 무슨 신호인지 금방 알아차렸다.

"선화야, 강찬이가 오늘따라 이상해."

"오빠, 왜?"

"연습 투구를 하는데도 공 끝이 살아서 들어오는 것 같아."

"그랬어? 소리 지르느라 못 봤네."

곽선화가 연습 투구를 마치고 로진백을 집어 드는 강찬을 바라보며 아쉬운 눈길을 던졌다.

이동렬뿐만 아니라 그녀도 고등학교 때부터 프로야구에 빠져서 살아왔으니 보는 눈이 전문가를 찜 쪄 먹을 만큼 날카로웠다.

하지만 그녀는 곧 시선을 추스른 후 옆에 놓아둔 음료수 병을 집어 들어 한 모금 마신 후 이동렬에게 전해주며 입을 열었다.

연습 투구를 정확하게 보지 못한 것이 조금 아쉬웠으나 곧 시합이 시작될 테니 금방 그런 마음을 걷어낼 수 있었다.

두 사람이 같이 관람하게 되면 투수의 공 배합과 타자의 배팅 타이밍까지 추측한다.

그만큼 야구에 대해서 전문가적인 식견이 있기 때문에 해설가의 설명을 따로 들을 필요가 없었다.

"오늘은 강찬이가 나와서 기대가 커. 오빠 말대로 공 끝이 살아 있으면 무조건 이길 거야."

"문제는 릴리프지. 오늘 자이언츠 선발로 나오는 송문호도 만만치 않은 놈이야. 우리 타선이 초반에 점수를 내주지 않으면 어렵게 갈지도 몰라."

"손정표가 많이 좋아졌잖아. 걔 변화구 각도가 많이 올라와서 2이닝 정도는 충분히 커버할 수 있을 거야."

"시즌 중반부터 무리를 맡고 있는 강대성이 무너져서 걱정이야. 최근 들어 벌써 세이브를 세 번이나 실패했잖아. 1군이나 2군이나 어쩜 그렇게 똑같냐."

"걱정하지 마, 오빠. 오늘은 다르겠지."

"저놈이 최대한 많이 막아주면 좋을 텐데 감독이 100개만 넘으면 칼같이 바꾸더라고. 아마 어깨 때문인 것 같아."

"아직 완쾌되지 않은 걸까?"

"아마도 그런 것 같아. 한번 어깨를 다치면 완쾌가 어렵다고 들었어. 더군다나 강찬이는 완전히 엉망이 돼서 다시는 재기하기 어려울 거라고 했거든."

"그래도 재기해서 여기까지 왔잖아. 나 강찬이 쟤 너무 좋아."

"저놈이 공을 던진다고 했을 때 정말 믿지 않았어. 그런데 에이스라니 말이 돼? 방어율이 2점 조금 넘어. 더군다나 최근 세 경기에는 1점도 안 된다니까."

"난 쟤가 1군에 가서도 잘할 거라고 믿어."

"나도 그래. 저놈이 1군으로 가서 이글스를 훨훨 날아가게 만들어줬으면 좋겠어."

자이언츠의 1번 타자는 여전히 배종환이었다.

금년 시즌에서 자이언츠가 선두 경쟁을 하도록 하게 만든 장본인 중의 하나가 바로 그다.

타율은 3할 6푼이고 도루는 36개를 기록하고 있다.

강찬과의 대결에서는 18타석에 들어서서 6안타를 때려냈고 1개의 포볼을 얻어냈다.

계산해 보면 자기의 평균 타율과 비슷하게 때려냈다.

하지만 릴리프 때와 막 선발로 전환했을 때 맞은 것이 대부분이고 최근에는 여섯 번 대결해서 한 개의 안타만 허용했을 뿐이다.

배종환은 타석에 들어서서 무심한 눈으로 강찬을 쳐다봤다.

그의 눈은 마치 뱀처럼 차가워서 마주 볼 때마다 기분이 좋지 않았다.

그럼에도 강찬은 그의 시선을 피하지 않았다.

누구도 두렵지 않다.

패스트볼이 다시 살아난 이상 누구와도 승부를 피하지 않는다.

최근 들어 146㎞/h까지 올라온 직구를 구사하자 강찬의 구위는 무서운 위력을 발휘하고 있었다.

투수가 던질 공이 많다는 것은 타자가 쳐 내기 어려워진다는 것과 같은 뜻이다.

단순한 직구의 장착이 아니라 그동안 전혀 던지지 못한 체인지업까지 같이 따라붙었기 때문에 타자들은 강찬이 어떤 공을 던질지 예측하기 훨씬 힘들어졌다.

구질을 맞추더라도 강찬에게는 정교한 제구력이 있기 때문에 타자들의 고충은 훨씬 더 심했다.

상하좌우 요소요소를 찔러대는 강찬의 변화구는 한동안 위력을 떨치던 팔색조 투구를 연상시켰고, 순간순간 힘이 실린 채 직선으로 날아드는 직구는 타자의 허를 찔러 배트를 꼼짝 못하게 만들었다.

특히 오늘 경기는 요즘 들어 강찬이 보여준 투구 내용 중 당연 발군이었다.

자이언츠의 1번 타자인 배종환의 배팅 능력은 매우 뛰어났으나 강찬의 다양한 구질에 말려들어 공을 맞추는 데 급급했다.

외곽으로 툭 떨어지는 슬라이더와 몸 쪽 바짝 붙는 직구를 그냥 보내서 볼카운트가 불리해진 그는 3구부터 스트라이크 존으로 들어오는 공을 커트하기 시작했으나 결국 5구째 바깥쪽 느린 변화구를 건드려 유격수 앞 땅볼로 물러났다.

그것이 시작이었다.

배종환을 시작으로 자이언츠의 타자들은 강찬의 절묘한 투구에 제대로 된 스윙을 하지 못하다가 타자가 일순하고 난 4회가 되어서야 투아웃 후 4번 타자인 고미석이 겨우 좌익수 앞 안타를 때려냈을 뿐이다.

그동안 이글스는 강찬의 특급 도우미인 송권수가 3회에 투런 홈런을 때려내며 2 : 0으로 앞서갔는데 강찬의 구위가 워낙 좋았기 때문에 서산구장은 우승을 예감이라도 한 듯 팬들의 함성으로 뒤덮여 가는 중이다.

"미치겠군. 저 새끼, 도대체 뭐야!"

자이언츠 감독 안호찬의 입에서 거품이 일었다.

요즘 들어 강찬이 좋은 공을 던진다는 건 알고 있었지만 이렇게까지 완벽하게 타선이 막힐 줄은 생각하지 못했기 때문에 경기를 지켜보는 그의 입에서는 연신 욕설이 튀어나왔다.

비록 에이스인 윤완석이 이전 경기에서 뛰어 못 나온다고 해도 충분히 해볼 만하다고 생각했다.

현재 리딩 히터인 배종환과 고미석을 비롯한 클린업트리오는 퓨처스리그 중 최강이었으니 5점 정도에서 승부가 결정지어질 것으로 예측했다.

하지만 8회가 진행되는 동안 자이언츠의 타선은 정창훈과 고미석 단둘만이 안타를 뽑아냈을 뿐 볼넷 두 개만 얻은 채 강찬의 구위에 눌려 숨조차 쉬지 못하고.있었다.

오늘따라 이강찬은 최상의 컨디션을 자랑하며 면도날 같은 제구력으로 벌써 아홉 개의 삼진을 잡아내고 있었다.

정말 미치고 펄쩍 뛸 일이었다.

그나마 다행스러운 것은 선발로 나온 송문호가 2점만 실점했고 5회부터 나온 릴리프들이 잘 버티며 더 이상 점수를 주지 않고 있다는 것이다.

그랬기에 안호찬 감독은 7회가 끝나면서 이를 악물었다.

강찬이 던진 투구는 벌써 100개가 넘었으니 8회부터 반격할 수 있을 거라 생각했다.

오늘따라 미친 듯이 공을 뿌려대는 강찬만 제외한다면 어떤 투수가 나와도 해볼 만했다.

이글스의 장혁태는 투수들의 투구 수를 완벽하게 컨트롤하며 교체했기 때문에 이제 강찬의 강판은 기정사실로 여겨졌다.

그랬기에 희망이 슬금슬금 피어올랐다.

그동안 시즌을 치르면서 언제나 자신을 흡족하게 만들어 주었던 클린업트리오가 건재한 이상 남은 2이닝에서 승부를 걸 수 있다고 생각했다.

그런데 8회에 들어섰어도 이강찬이 천천히 마운드로 걸어 나오고 있었다.

"어머, 어머! 오빠, 어떡해!"

"벌써 110갠데 괜찮을까?"

"무슨 생각으로 강찬이를 다시 올린 거지? 쟤는 금년 시즌에 7회 이상 던진 적이 없잖아?"

"한 번 있기는 하지."

"언제?"

"쟤가 처음 선발 등판하는 날 완봉승을 거둔 적이 있어. 그 날 SNS가 난리 났었잖아."

"아, 맞다."

이동렬이 가르쳐 주자 곽선화가 무릎을 소리가 나도록 쳤다.

이글스 팬들은 이강찬이 마운드에 오르자 놀라면서도 연신 환호성을 지르는 중이다.

언터처블의 에이스.

팬들은 그토록 고대하던 에이스의 출현에 흥분을 멈추지

못하고 있었다.

그것은 곽선화와 대화하는 이동렬도 마찬가지였다.

지난 3년 동안 이글스 팬클럽 회장을 맡으면서 이런 흥분과 기쁨을 맛본 적이 없었다.

비록 2군들끼리 치르는 퓨처스리그였으나 우승을 눈앞에 두고 완벽하게 상대방을 제압해 나가는 이강찬의 경기를 보게 되자 눈물이 날 정도이다.

그럼에도 마운드에 오르는 이강찬을 보며 떠오르는 의문을 감출 수 없었다.

지금까지 완벽한 투구를 해줬지만 지금은 교체 타이밍이 분명했다.

곽선화를 바라보며 입을 연 이동렬의 얼굴은 그랬기 때문인지 심각함이 묻어나고 있었다.

"이강찬은 그날 이후로는 한 번도 완투한 적이 없어. 그래서 나는 어깨 때문이라고 생각했지. 워낙 박살이 난 어깨니까 당연한 거라고 여겼어."

"혹시 어깨가 좋아진 건 아닐까?"

"그래도 이상해. 저 정도 투구 수면 아무리 잘 던지던 투수도 구위가 떨어질 수밖에 없어. 그래서 릴리프들이 있는 거잖아. 더군다나 2점 승부라면 무조건 바꿔줘야 되는데 계속 올리는 게 이해가 안 가."

"장혁태 감독이 우승 욕심 부리는 거 같아. 저러다가 어깨 다시 망가지면 어쩌지?"

"그럴 수도 있어. 손정표가 다소 불안하고 강대성도 마찬가지니까 최대한 버텨볼 생각인 것 같은데 걱정이 돼."

"아, 그러면 안 되는데. 그러다가 다시 어깨 고장 나면 큰일이잖아. 오빠, 이건 아니다. 그치?"

"장 감독도 무슨 생각이 있겠지. 조금만 더 지켜보자고. 어이쿠, 저게 뭐야!"

곽선화의 걱정에 그녀의 어깨를 다독거리던 이동렬의 입에서 숨이 멎을 것 같은 고함이 터져 나왔다.

파앙!

8회에도 마운드에 오른 강찬이 초구를 한복판 직구로 찔러 넣었는데 미트에서 울려 나온 소리가 그의 귀에까지 먹먹하게 들렸기 때문이다.

습관적으로 고개를 돌려 전광판을 바라보자 구속이 150㎞/h를 가리키고 있다.

"와아! 와아!"

스탠드를 메운 이글스 팬들의 입에서 웅성거리는 소리가 새어 나오다가 시간이 조금 지나자 불길 같은 함성으로 변했다.

우려를 불식시키는 강속구.

강찬은 두 번째 공을 커브로 스트라이크를 잡은 후 또다시 외곽을 꽉 채운 코스에 패스트볼을 찔러 넣어 7번 타자를 삼진으로 잡아냈다.

삼구 삼진.

투수라면 누구나 꿈꾸는 것이지만 강찬은 슬쩍 몸을 돌릴 뿐 얼굴에 아무런 변화도 나타내지 않았다.

자신감에 넘친 모습이고 전혀 지치지 않은 모습이다.

그때부터 자이언츠 타선을 완벽하게 잠재우는 강찬의 투구가 시작되었다.

100~130km/h를 넘나드는 커브와 슬라이더, 150km/h의 패스트볼과 120km/h의 체인지업이 가미되어 스트라이크와 볼의 경계선에서 움직이는 강찬의 공을 타자들은 마치 마술 쇼를 보는 사람들처럼 꼼짝없이 지켜보기만 했다.

"대단하구나."

"그렇지?"

"저렇게 위력적인 공을 뿌릴 줄은 정말 상상도 하지 못했다."

"나도 믿어지지 않기는 해. 하지만 직접 보니까 옛날보다 훨씬 좋아졌군. 직구의 속도도 다 찾았으니 고교 때보다 두 단계는 수준이 올라간 것 같다."

"써도 되지?"

"안 돼!"

"뭔 소리야? 나 승진할 때 됐어. 그러니까 예전처럼 써서 히트 좀 치자."

"안 된다면 안 되는 줄 알아. 오늘은 기자가 아니라 내 친구 자격으로 부른 거니까 배신 때리지 마라."

"인마, 기자보고 글을 쓰지 말라는 게 말이 된다고 생각해?"

김혁이 앞만 바라보고 있는 황인호를 노려봤다.

웬만한 일에는 모두 양보해 주던 황인호인데 오늘은 무슨 일인지 씨도 먹히지 않았다.

프로야구 전문기자인 자신을 서산까지 데리고 왔을 때 황인호가 요즘 맥이 빠질 대로 빠져 버린 이글스에 대해서 홍보기사나 써달랄 줄 알았다.

그런데 막상 와보니 상황이 그게 아니었다.

이강찬이 재기해서 이글스의 2군에 머문다는 것을 들은 건 3개월 전이다.

강찬이 선발투수로 전향하기 전이고 릴리프로 그저 그런 성적을 올리고 있을 때였다.

과거 강찬에 대한 기사로 특종을 터뜨려 타 스포츠신문사에 비해 압도적인 판매 부수를 기록해 차장으로 승진한 것이 4년 전 일이다.

처음 소식을 접했을 때 당장에라도 강찬을 만나보고 싶었다.

그가 승진하는 데 결정적인 역할을 한 강찬이니 어떻게 변했는지 궁금했다.

어떻게 살아왔는지 들어보고 싶었고, 어깨에 대한 치료와 건강 상태를 물으며 그동안 찾아보지 못한 것에 대해 사과하고 싶었다.

하지만 목구멍이 포도청이라고 서산까지 내려와 그를 만날 틈을 좀처럼 내기 어려웠다.

전 국민이 사랑하는 프로야구 경기가 거의 매일 벌어져 눈코 뜰 새 없이 바쁜 나날을 보내야 했기 때문이다.

프로야구 판은 점점 경쟁이 치열해져서 조금이라도 신선한 기사를 쓰지 못하면 판매 부수가 하루가 다르게 왔다 갔다 하며 미친년 치맛자락처럼 변했다.

그러니 기자들이 받는 스트레스는 상상을 초월할 정도였다.

어떤 놈은 가정생활을 던져 버리고 각 팀의 간판선수들을 24시간 따라다닌다는 소문이 있을 정도이니 기자들의 스트레스는 장난이 아니었다.

오늘도 황인호가 집 앞에 차를 대고 기다리지 않았다면 내려울 생각도 못 했을 것이다.

놈은 무슨 생각인지 집 앞으로 와서 서산에 드라이브나 가자며 터무니없는 소릴 해댔다.

처음에는 미친놈 소리가 목구멍까지 올라왔지만 곧 생각을 뜯어고치고 바지를 주섬주섬 꿰 찼다.

오죽 답답하면 마누라한테 바가지 들을 게 뻔한 자신한테까지 왔을까 싶어 황인호가 불쌍한 생각이 들었다.

이혼 7년 차.

놈은 최고의 스카우터에 어울리지 않게 공휴일이면 혼자서 외로이 넓적다리를 긁고 있는 불쌍 그 자체의 인생을 살고 있었다.

서산구장에 가자는 이유는 뻔했다.

이글스의 2군이 오늘 남부 리그 우승자를 가리는 시합을 한다고 하니 황인호는 구단의 스카우터로서 관전해야 한다는 의무감을 가진 게 틀림없었다.

황인호에게는 감격스러운 일일지 모르나 자신은 아니었다.

극성팬을 제외하면 이글스를 응원하는 사람들조차 관심을 두지 않는 게임에 쓸데없이 정열을 쏟을 만큼 자신은 한가한 사람이 아니었다.

국민이 관심을 갖지 않는다면 기자는 당연히 관심을 보이지 않는다.

기자는 국민의 관심과 사랑을 받는 기사를 작성하는 것이 주어진 임무였으니 일을 하고 싶다면 모레부터 벌어지는 준 플레이오프를 취재하는 것이 현명한 행동이었다.

공휴일까지 반납하고 기사거리를 만들어서 들고 다니면 부장은 얼굴에 함박웃음을 흘리며 그의 공로를 칭찬해 줄 게 뻔했다.

그럼에도 불구하고 군말 없이 맥주까지 사 들고 황인호의 차에 올라탄 것은 어제 마누라가 아이를 데리고 친정 나들이를 떠났기 때문이다.

오랜만의 꿈 같은 휴식이 보장된 완벽한 공휴일.

원 없이 뻗어서 소파에 누워 리모컨질을 하며 하루를 보낸 다는 생각으로 가슴이 다 설레었으나 김혁은 황인호의 전화를 받은 후 모든 걸 과감히 떨치고 자리에서 일어났다.

남자는 살다 보면 가끔가다 친구 놈을 위해 미친 짓도 서슴지 않는 경우가 있게 마련이다.

"이유라도 알자. 왜 못 쓰게 하는 건데?"

"저놈 계약이 내년 4월 만료다."

"그래서?"

"내가 쟤와 계약 조건을 상의해야 된다는 뜻이야. 내년 4월 이 되기 전에."

황인호가 마지막 타자를 잡아내고 동료들에 둘러싸여 기쁨을 나누는 강찬을 바라보며 잔뜩 인상을 썼다.

전광판에 생생하게 찍혀 있는 강찬의 마지막 패스트볼은 154㎞/h를 가리키고 있었다.

이글스의 팬들은 광란에 빠져들었고, 코치진과 선수들은 서로 부둥켜안으며 춤을 추었지만 황인호는 얼굴에서 웃음을 잃어버린 채 멀거니 앉아 있었다.

고민 중에 상 고민을 가진 사람의 얼굴이다.

베테랑 민완 기자는 감과 촉이 빨라야 하고 김혁은 충분히 그런 감과 촉을 가진 사람이었다.

"얼마였냐?"

"계약금 없이 천이백만 원."

"돌았군, 돌았어."

"씨발, 그러니까 미칠 노릇이지."

"네 표정 보니까 기간도 단년인 모양이구나. 속이 썩어 문드러질 지경이겠다."

"맞아."

"너 같은 놈이 왜 그런 실수를 했냐?"

"처음에는 형편없었어. 그저 배팅 볼이나 던질 정도였지. 저놈이 불쌍해서 간신히 투수코치를 설득할 정도였거든. 그래서 까맣게 잊고 있었는데 어느 날 저놈하고 정식으로 계약

했다는 소리가 들려오더라. 정신이 번쩍 들어서 달려왔을 때
는 이미 늦었더군."

"그래서 어쩔 생각인데?"

"숨겨야지. 철저히."

"통합챔피언전 남았잖아. 숨기려면 일찍 숨기지 그랬어.
저기 안 보이냐, 이강찬 연호하는 거?"

"남은 경기는 못 뛰게 할 생각이다."

"환장하겠군. 팬들도 그렇지만 저놈이 가만있을까?"

"설득해야지. 알아듣도록."

"1군은?"

"김 감독은 바로 올릴 생각인 모양이더라. 내가 만류했는
데도 요지부동이야."

"그 사람이 고지식하긴 하지. 그래, 어쩔 생각이냐?"

"내가 해줄 수 있는 만큼 최선을 다할 생각이다. 무슨 수를
써서라도 잡아야 할 놈이니까. 하지만 쉽지는 않을 것 같아.
신고로 들어온 놈이라서 구단이 어떻게 생각할지 뻔하거든."

"고전하겠군."

"구단주 멱살이라도 잡아봐야지."

제3장
계약

　페넌트레이스에서 우승을 차지한 라이온즈가 준플레이오프를 거쳐 올라온 트윈스를 4 : 1로 가볍게 꺾고 코리안 시리즈에서 우승하면서 프로야구는 대단원의 막을 내렸다.

　금년 한 해는 신기록의 연속이었다.

　한해 관중 수가 8백만을 넘었고, 20년 동안 깨지지 않던 연속 안타 기록도 트윈스의 간판타자 최성일에 의해 깨졌다.

　최성일은 금년 타율 3할 8푼으로 수위 타자까지 차지했는데 안타 수가 신기록에 다섯 개 못 미치는 202개였으며 그중 2루타와 3루타를 합한 장타는 67개로 3할이 훌쩍 넘었다.

각종 타격 부문 상단에 이름을 올린 그의 활약은 막판 대역 전극을 연출하며 트윈스를 코리안 시리즈까지 진출시켰다.

천재 타자 최성일.

그의 부챗살 타법은 좌, 우완을 가리지 않았고, 모든 구질을 완벽하게 받아치는 것으로 유명했다.

강찬의 어깨를 박살 냈던 그는 불과 4년 만에 대한민국 최고의 타자로 우뚝 서며 MVP를 차지하는 쾌거를 이루었다.

빛과 어둠.

강찬이 끝없는 어둠 속에서 허우적대는 동안 그는 화려한 스포트라이트를 받으며 대스타의 반열에 올라섰다.

강력한 타자는 최성일 외에도 수없이 많았다.

타고투저 현상이 극명했던 프로야구는 홈런을 40개 이상 친 타자가 12명이나 나왔고 팀당 타율도 역대 최고로 높았다.

특히 라이온즈의 이청화는 무려 54개의 홈런을 때려내며 130타점을 양산했고, 시즌 타율 3할 4푼으로 와이번스의 공격 선봉을 담당한 신재상은 74개의 도루와 26경기 연속 도루라는 신기록을 만들어냈다.

한마디로 올해의 프로야구를 진단하란다면 박진감 넘치는 경기의 연속이었다고 말할 수 있었다.

5점 차이는 언제든지 뒤집힐 수 있다는 말이 나올 정도로 타자들이 투수들을 압도했기 때문에 관중들은 잠시도 한눈팔

새가 없었다.

화끈한 타격의 대세.

현 프로야구는 무시무시한 타자들이 대거 출현하면서 마운드에 선 투수들의 숨통을 완벽하게 조르고 있었다.

이런 현상은 당분간 지속될 것이라는 게 전문가들의 예상이었다.

특급 용병의 영입이 대거 이루어진다면 모를까 워낙 타자들의 기량이 절정을 이루고 있어 내년 시즌에도 타고투저의 현상은 변함이 없을 거라는 게 그들의 공통된 생각이었다.

강찬은 결국 통합챔피언전에 나서지 못하고 경찰청의 우승을 지켜봐야 했다.

이유를 말해달라는 강찬의 요청에 장혁태는 오직 나중에 가르쳐 주겠다는 말만 남기고 고개를 돌렸다.

괴로워하는 것이 역력한 모습을 보면서 강찬은 더 이상 그를 추궁하지 못했다.

무엇 때문인지 몰라도 그는 팀이 지는 것을 지켜보면서까지 강찬의 등판을 막았다.

이유라도 알았으면 답답하지 않았을 텐데 누구도 그에게 합당한 이유를 가르쳐 주지 않았다.

답답하고 괴로웠지만 자신이 할 수 있는 것은 아무것도 없어 그저 멍하니 벤치만 지켜야 했다.

무기력하게 지는 팀을 보면서 가슴이 아팠다.

자신은 이글스의 일원이고 팀을 위해 최선을 다하고 싶었으나 자신이 알지 못한 어떤 힘에 의해 그런 바람이 제지당하자 자신도 모르게 온몸에서 힘이 빠졌다.

시즌이 끝나고 얼마 지나지 않아 장혁태 코치는 김남구 감독의 부름을 받아 1군으로 올라갔다.

조만간 다시 볼 수 있을 거란 장 코치의 약속은 한 달이 지나도 지켜지지 않았고 강찬은 지루하고도 긴 기다림을 시작해야 했다.

간절히 원하던 것에 대한 기다림은 사람을 지치게 만들었다.

지금까지 해오던 것처럼 훈련하며 시간을 보냈으나 예전과는 다른 불안감이 그를 힘들게 했다.

도대체 왜 나에게 이러는 걸까.

자신과 달리 고동식과 임관은 1군으로 올라갔는데 잠깐의 휴식을 끝내고 동계 훈련을 위해 몸을 만드는 중이라고 들었다.

저절로 나오는 한숨을 억지로 삼켰다.

옆에서 미친놈처럼 프레스를 미는 손정표를 보자 대놓고 한숨조차 쉬기 어려웠다.

자신은 그마나 1군으로 올려주겠다는 약속이라도 받았지

만 손정표는 아직 2군에서도 릴리프에 머물고 있었다.

누군가에게는 괴로움이지만 누군가에게는 부러움이 된다는 것을 너무나 잘 알고 있다.

그랬기에 강찬은 아무런 내색도 하지 못하고 묵묵히 시간을 보내야 했다.

"형, 누가 찾아왔는데?"

"나를?"

점심을 먹고 휴식을 취하던 강찬에게 손정표가 불쑥 나타나서 손님이 찾아왔다고 알려주었다.

임관이 떠난 후 손정표는 수시로 들락거리며 안부를 물어왔는데 직접적으로 말은 안 했지만 강찬의 고민을 잘 알고 있는 눈치였다.

방에서 나와 손정표가 가르쳐 준 대로 손님이 기다린다는 휴게실로 들어서자 웬 낯선 남자가 앉아 있는 것이 보였다.

덥수룩한 수염이 얼굴의 반을 가린 중년인으로 처음 보는 얼굴이었다.

하지만 사내는 자신을 잘 아는 듯 반가운 모습으로 자리에서 일어나며 이름을 불러왔다.

"강찬아, 잘 지냈니?"

"누구신지……."

강찬이 주춤주춤 다가서자 중년인이 의자를 옆으로 치우

며 다가왔다.

반가워하는 그의 모습에 의아한 생각이 들었다.

처음 보는 사람의 반가움은 당황스러움을 만들어내어 어떤 반응을 보여야 할지 갈피를 못 잡게 했다.

그러나 그것도 잠시, 사내의 모습이 가까워지면서 강찬은 찢어질 것처럼 눈을 치켜떴다.

그리운 얼굴.

사내는 그가 그토록 찾아 헤매던 세광고의 감독 최인혁이었다.

불과 4년이 지났을 뿐인데 그의 모습은 예전과 너무나 판이하게 변해 버려 알아보지 못할 정도였다.

고생에 전 모습이고 기력도 예전만 못하게 느껴졌다.

뒤늦게 알아본 강찬의 입에서 억눌린 신음 소리가 흘러나왔다.

"감독님… 감독님!"

최인혁이 다가와 손을 잡아도 강찬은 제자리에서 움직이지 못했다.

천천히 새어 나오는 눈물.

전혀 생각하지 못한 은사의 얼굴을 보게 되자 제어하지 못한 눈물이 홍수가 되어 마구 쏟아져 내리기 시작했다.

세상에 태어나 가장 큰 고마움을 갖게 만든 사람.

그런 사람과의 만남은 기쁘기도 했지만 너무나 놀랍고 슬픈 것이기도 했다.

"울지 마라, 강찬아."

"크윽… 감독님!"

"울지 말라니까. 다 큰 놈이 왜 울고 그래."

울지 말란다고 그칠 수 있는 눈물이 아니다. 워낙 오랫동안 그리워했으니 쉽게 멈춰지지 않았다.

그랬기에 강찬은 최인혁의 따스한 음성을 들으며 하염없이 울었다.

강찬은 최인혁의 손을 놓지 않았다.

손을 놓으면 날아갈 것처럼 꼭 부여잡은 채 강찬은 최인혁의 얼굴을 바라보았다.

"감독님, 어디 계셨어요. 제가 얼마나 찾았는데요. 학교에 갔더니 그만두고 안 계셔서 백방으로 찾아 헤맸어요."

"그랬구나. 내가 야구를 그만둬서 찾기 어려웠을 거다."

"왜요?"

"그냥… 야구가 싫어져서."

강찬의 계속되는 질문에 최인혁은 천천히 4년 동안의 행적에 대해 입을 열었다.

강찬이 사라진 후 한참을 찾아 헤매던 그는 학교를 그만두고 분식집을 차렸는데 장사가 잘된다며 어깨를 으쓱였다.

왜 학교를 그만뒀냐는 질문은 그냥 웃음으로 얼버무렸고 대신 분식집이 얼마나 크고 손님이 많은지에 대해서만 과장되게 이야기했다.

믿고 싶었으나 마음과는 달리 아닐 거란 판단이 들었다.

은사님의 모습은 장사가 잘돼서 잘 먹고 잘사는 행색이 절대 아니었다.

강찬이 알기로 최 감독은 그의 어깨 수술비와 입원비를 대느라 모아놓은 돈을 모두 썼다고 들었다.

더군다나 할 줄 아는 게 야구밖에 없는 그가 분식집을 차려서 돈을 번다는 건 믿기 어려운 일이었다.

그리고 그런 강찬의 예측은 정확했다.

최인혁은 부인이 저축해 놓은 돈을 강찬의 병원비로 다 써버렸다.

학교 측에서는 성금을 모아서 보탠다고 보탰지만 그것으로는 터무니없을 정도로 수술비는 비쌌다.

다행히 수술이 잘되어 강찬이 퇴원하는 걸 본 후 학교로 돌아간 그는 또다시 선수들을 조련하며 바쁜 나날을 보냈다.

자신 때문에 강찬이 다쳤다는 미안함은 수술비를 부담한 것으로 대신하려 했다.

하지만 그런 마음은 점점 폐인으로 변해가는 강찬의 모습을 보면서 사그라들었고, 강찬이 행방불명된 후부터는 미칠 듯한 괴로움이 시작되었다.

죽었을 가능성이 컸다.

오직 야구만을 위해 살아온 놈이었으니 더 이상 삶의 의미를 느끼지 못하고 어딘가에서 쓸쓸하게 죽었을 거라 생각했다.

괴로움에 잠을 이룰 수 없었다.

자신의 욕심으로 제자를 죽음으로 몰아넣었다고 생각하자 선수들과 함께하는 것이 무서워서 학교에 나갈 수가 없었다.

가족을 생각하며 어떻게 하든 버티려고 했으나 결국 학교를 그만둬야 했다.

야구를 한다는 것이 너무나 싫어져 퇴직금과 집을 담보로 융자를 내어 학교와 멀리 떨어진 곳에 분식집을 차렸다.

잘될 리가 없었고 잘될 수도 없었다.

학교가 무서워 학교를 피한 곳에 분식집을 차렸으니 장사가 잘될 리 만무했다.

생활은 점점 어려워졌고, 가족들의 고생은 이루 말할 수가 없게 되었다.

그토록 착하던 마누라가 바가지를 긁기 시작한 것도 그때쯤부터였다.

생활은 지옥이 되었고, 그는 자랑스러운 가장에서 점점 낙오자로 변해갔다.

그렇게 시간은 흘러갔다.

하루하루가 힘든 나날이었지만 학교로 돌아간다는 생각은 할 수 없었다.

이미 학교는 다른 코치를 구한 후였고, 다른 학교에 간다는 것도 쉬운 일이 아니었다.

분식집에 들른 손님들이 한 달 전 벌어진 이글스의 최종 경기를 가지고 대화하며 강찬의 위력적인 투구에 대해 칭찬하는 걸 들은 건 어제저녁이었다.

삶에 지쳐 포기하고 싶다는 생각이 그 하나로 모두 날아가 버렸다.

보고 싶었다.

놈이 예전처럼 다시 공을 던지는 모습만 볼 수 있다면 자신도 용기를 얻을 수 있을 거란 생각이 들어 그는 아침이 되자마자 무조건 버스를 타고 서산으로 향했다.

자신의 이야기를 모두 마친 그는 강찬의 이야기를 듣기 위해 입을 닫았다.

어떻게 살아왔는지, 어떻게 여기까지 왔는지 듣고 싶다며 그는 머뭇거리는 강찬의 입이 열리기를 묵묵히 기다렸다.

그리고는 이야기가 시작되자 길고 긴 한숨을 내쉬었다.

죽기 위해 속리산에 들어갔다는 말을 들었을 때는 무거운 신음 소리를 거푸 흘렸고, 혜원 스님에게 치료받는 과정을 들을 때는 주먹을 꼭 쥔 채 움직이지 못했다.

재활 훈련을 하면서 겪은 고통과 괴로움이 귀를 통해 가슴으로 들어오자 참고 참았던 눈물을 흘렸다.

제자의 고난에 찬 세월은 자신이 겪은 것보다 훨씬 지독한 것이었다.

신고 선수로 들어와 불과 6개월 만에 정식 선수로 등록되었단다.

산에서 익힌 코너워크를 바탕으로 이글스에 들어와 6개월 만에 구속 조절을 성공하면서 코치들이 릴리프로 기용하기 시작했다는 강찬의 말에 최 감독은 머리를 크게 끄덕거리며 함박웃음을 흘렸다.

죽을 만큼 힘든 훈련을 결국 이겨낸 제자의 노력이 자랑스러워 머리를 쓰다듬어 주고 싶어 하는 모습이다.

어깨의 근육 활동을 가로막고 있던 제어가 서서히 풀려 직구의 구속이 올라오면서 퓨처스리그에서 선발로 투입되어 9승 1패를 기록했다는 말과 함께 최근 경기에서 뿌린 패스트볼 최고 구속이 154㎞/h까지 나왔다는 이야기를 듣자 최 감독의 눈에서 또다시 눈물이 그렁대었다.

강찬을 힘들게 하던 모든 제약이 풀렸다는 사실이 그에게 감동과 희망을 안겨주었기 때문이다.

그는 강찬이 불행하고 힘든 삶을 살아왔다는 걸 너무나 잘 아는 사람이었다.

그랬기에 강찬이 폐인으로 변해 사라졌을 때 더욱 괴로웠는지도 모른다.

유복한 가정이라도 있었더라면 그나마 마음이 덜 괴로웠을 텐데 강찬은 오직 죽음 외에는 선택할 게 없었다.

그런 놈이 완벽하게 재기해서 언터처블의 투수가 되었다는 사실은 그를 격렬한 감정의 소용돌이 속으로 몰아넣기에 충분했다.

강찬이 재기에 성공했다는 것은 자신의 삶도 희망이 있다는 것이라 생각했다.

제자보다 못한 스승은 되고 싶지 않았다.

한참을 울던 그의 표정이 변하기 시작한 것은 강찬이 마지막에 한 이야기 때문이었다.

차가운 눈빛.

승부를 위해 냉철한 이성으로 차갑게 결단을 내리던 승부사의 눈빛이 그의 눈에서 흘러나오기 시작했다.

제자를 괴롭히는 고민은 오로지 야구만을 위해 살던 그가 가장 잘 해결할 수 있는 것 중의 하나였다.

"강찬아, 나 믿니?"

"감독님, 그걸 말씀이라고 하세요."

최인혁은 강찬과 헤어진 후 곧바로 황인호에게 전화를 걸었다.

구단 프런트에 전화를 넣어도 되었지만 예전의 인연을 먼저 생각했다.

황인호는 세광고가 전국을 떠들썩하게 만들 때 강찬의 전담 스카우터로 활동하며 그와 긴밀한 관계를 유지했고 술자리도 여러 번 같이했기 때문에 안면을 깊게 튼 사이다.

다른 스카우터들과는 다른 뭔가가 그에게는 있었다.

가식을 보이지 않았고 지닌 패를 그대로 꺼내어 오히려 당황하게 만들 정도로 솔직한 사람이었다.

신뢰를 주는 사람의 전형적인 모습.

전화를 받은 황인호는 최인혁을 꽤나 반갑게 받아들였다.

전혀 반가워할 사람이 아닌데도 말이다.

예전의 인연은 강찬으로 인해 발생한 인연이지 그가 필요해서 만들어진 인연이 아니었다.

강찬의 계약 이야기를 꺼내지 않았음에도 그의 전화를 반갑게 받아들인다는 건 그의 성품이 근본적으로 뛰어나다는 것을 알려주는 것이다.

그랬기에 전화를 건 최인혁의 목소리가 부드러워졌다.

"황 형, 잘 있었습니까?"

─그럼요, 감독님. 소리 소문 없이 사라져서 꽤나 당황했습

니다. 도대체 어딜 가셨던 겁니까?

"나를 찾았던 모양이군요."

—감독님과 마신 술이 꽤나 맛있었습니다. 그래서 주변에 갈 때마다 찾아가곤 했죠.

"고맙군요."

—요즘 어떻게 보내십니까? 야구는 정말 그만두신 건가요?

"그렇게 되었습니다."

—그런데 오늘은 어쩐 일로…….

처음의 반가웠던 목소리는 대화가 진행되면서 주변의 소란스러운 소음에 파묻혀 갔다.

바쁜 와중에 전화를 받았던지 그의 음성은 점점 빨라지고 있었다.

이럴 때는 시간을 끌어서는 안 된다.

"바쁜 모양인데 용건만 간단히 말하겠습니다. 강찬의 계약 때문에 만나고 싶습니다. 시간이 어떠십니까?"

—이강찬 말입니까?

"그렇습니다."

—감독님이 강찬을 왜……. 어떻게 된 거죠?

"내가 대리인입니다. 강찬이는 계약금 없이 연봉만 받고 뛰었더군요. 그래서 말인데요, 내년 시즌을 뛰기 위해서라면 지금 시점에서 계약 이야기를 해야 되지 않겠습니까?"

"아, 그건 그렇죠."

―빠른 시간 내에 미팅을 했으면 하는데 황 형 생각은 어떠십니까?

"저희는 아직 준비가 안 돼서 시간이 필요합니다."

―그런가요? 그렇다면 다른 구단과 접촉해도 되겠습니까?

슬쩍 튕겼더니 기다렸다는 듯 차가운 반응이 날아왔다.

이미 예상한 것처럼 즉각적인 반응이었다.

―감독님, 무슨 그런 말씀을…….

"구단이 강찬이한테 한 짓을 잘 알고 있습니다. 하지만 이제 그런 짓을 할 때는 지났다는 걸 아셔야 할 겁니다. 다시 한번 말씀드리지만 빠른 시간 내에 연락 주십시오. 일주일 이내에 연락을 주지 않으면 다른 구단과 접촉해도 된다는 뜻으로 알겠습니다."

최인혁은 강찬에게 어떠한 회유와 협박이 있어도 계약에 관한 것은 모두 자신에게 일임했다는 말만 하라고 신신당부해 놓았다.

그의 우려대로 구단에서는 황인호를 비롯해서 김남구 감독 등 많은 사람이 강찬을 설득하기 위해 전화를 해왔다고 한다.

황인호가 청주로 내려와 전화를 걸어온 것은 최초 통화 후

5일이 지난 후였다.

그는 사전 연락 없이 청주까지 와서 무작정 전화를 해왔는데 그들이 자주 가던 곱창집에서 만나자는 것이었다.

역시 스카우터답게 치밀했다.

저녁 먹을 시간에 내려와서 자연스럽게 술자리를 마련하는 행동은 스카우터들이 자주 쓰는 수법 중의 하나이다.

지글지글거리며 익어가는 곱창의 고소함과 김치의 절묘한 조합을 칭찬하며 두 사람은 열심히 소주잔을 기울였다.

예전에도 두 사람은 이 집에 와서 술잔을 기울이며 야구에 대해서 이런저런 이야기를 나누곤 했다.

물론 그 당시에도 가지고 있는 목적은 달랐다.

그리고 그것은 지금도 마찬가지였다.

뚜렷한 목적을 가지고 온 황인호는 계약에 대해서는 쉽게 이야기하지 않고 과거에 있던 일들을 꺼내어 추억을 회상했다.

산전수전 다 겪은 백전노장이다.

먼저 이야기를 꺼내는 쪽이 더 급해진다는 밀당의 원칙을 충실히 지키며 황인호는 계속해서 전혀 상관없는 넓적다리를 긁고 있었다.

하지만 그것은 균형론에 입각했을 때나 통하는 것이지 강력한 패를 지니고 있는 최인혁에게는 전혀 통하지 않는 전형적인 수법에 불과했다.

모든 이야기를 들은 후 최인혁은 연습장에서 직접 강찬의 투구를 지켜봤다.

보면 볼수록 입이 다물어지지 않을 정도로 강력한 구질이 연속해서 타깃을 때리고 있었다.

몸을 풀지 않았는데도 직구의 구속은 가볍게 148㎞/h를 찍었고 변화구의 속도의 편차가 무려 30㎞/h를 오르내렸다.

문제는 그 변화구의 각도가 면도날처럼 예리했고 정확하게 스트라이크존의 외곽을 찌르며 들어가고 있다는 것이었다.

오랜 기간 투수를 조련하며 보낸 최인혁은 강찬의 투구가 얼마나 위력적인지 한눈에 알아보았다.

이런 구질과 구속, 그리고 코너워크라면 1군이 아니라 1군 할애비가 온다고 해도 쉽게 쳐 내기 어렵다.

황인호가 따라준 잔을 시원하게 들이켠 최인혁이 젓가락으로 곱창을 집어 삼킨 후 우물거리며 본론을 꺼냈다.

긴장하지도 않았고 서두르지도 않는 말투.

그의 목소리는 중저음으로 착 깔려 있어 조금도 긴장하지 않은 것처럼 느껴졌다.

"난 황 형에게 고맙다는 말을 먼저 하고 싶습니다. 강찬이를 신고 선수로 받아준 거 정말 고맙소."

"…별말씀을……."

고맙다는 말을 순진하게 곧이곧대로 받아들일 수는 없었다.

지금처럼 계약 협상을 위해 만난 자리에서는 더욱 그런데 이 장소는 곱창 냄새가 진동하고 있지만 이글스의 사활을 걸고 한판 승부를 벌이는 전쟁터나 다름없는 곳이다.

자칫 단순한 공치사에 긴장의 끈을 놓아버린다면 밥숟갈을 놓고 집으로 돌아가야 될지도 모른다.

그랬기에 황인호는 제대로 대답하지 못하고 말끝을 흐리며 소주잔을 흔들었다.

최인혁이 그의 말끝을 따라잡으며 입을 연 것은 자신의 말이 거짓이 아니라는 것을 강조하려는 행동인 것 같았다.

"내 말은 사실이오. 강찬이도 고마워한다는 말을 꼭 전해 달라고 하더군요."

"얼굴이 뜨거워지네요. 그만하시죠. 보기 안타까워서 조금 힘을 보탠 것뿐이라 큰 도움이 된 것은 아닙니다."

"황 형을 만나자고 한 건 그런 이유 때문입니다. 이글스에서 강찬이한테 한 행동을 생각하면 괘씸하지만 그런 고마운 일이 있으니 이해하기로 했지요. 우리는 다른 구단보다 먼저 이글스와 협상하기로 결정했습니다. 이글스가 우리 조건만 받아들여 주면 계약서에 흔쾌히 도장 찍을 생각입니다."

"고마운 말씀입니다."

최인혁의 거침없는 말에 황인호가 정중하게 고개를 숙였다.

이렇게까지 말하는데 계속해서 의심하고 간을 본다는 것은 말도 안 되는 일이었다.

강찬을 더 이상 게임에 뛰지 못하게 만든 이유도 잘 알고 있는 얼굴이다.

그런 사람에게 괜히 엉뚱한 짓을 벌인다면 정말 이상한 쪽으로 흘러갈 수도 있었다.

이왕 이렇게 된 이상 지금은 칼을 뽑아야 할 상황이라는 판단이 들었다.

"감독님이 생각하시는 조건을 말씀해 주시죠."

"조건을 말하기에 앞서 강찬이의 구위에 대해서 이야기하고 싶군요. 이번 시즌에 강찬이는 9승 1패에 9홀드, 피안타율 0.21에 방어율 1.93를 기록했습니다. 상당히 좋은 기록이죠."

"좋은 기록은 맞습니다. 하지만 2군 리그와 1군 리그는 현격한 수준 차이가 있으니까 그대로 생각해서는 안 됩니다."

"직구 최고 구속이 155㎞/h를 찍었습니다. 더군다나 커브와 슬라이더 등의 변화구는 국내 최정상급이고 위기에 대한 대처 능력도 발군입니다. 그건 방어율을 보시면 알 겁니다. 인정하십니까?"

"인정합니다."

"강찬이는 지금 스물네 살입니다. 황 형은 이렇게 젊은 괴물투수가 정상적으로 계약을 한다면 얼마를 받아야 적당하다고 생각하십니까?"

직접적인 질문에 대답이 쉽게 나오지 않았다.

당황스러웠다.

최인혁의 말대로 강찬이 시즌 막바지에 보여준 투구는 국내 최정상급이나 다름없었다.

물론 2군 리그에서 보여준 것이기 때문에 단순 비교하기는 어려울 테지만 그럼에도 불구하고 강찬의 투구는 1군에서 활약하는 투수들에 비해 조금도 꿇리지 않았다.

말하려는 의도를 정확하게 눈치채지 못했다.

데이터와 성적을 가지고 말할 때는 계약금과 연봉을 최대한 높이겠다는 소린 줄 알았는데 최인혁의 얼굴을 보자 그게 다가 아니라는 걸 알 수 있었다.

정확하게 무얼 요구하는 건지 알 수 없을 때는 먼저 치고 나가는 것도 하나의 방법이었다.

"구단의 조건을 말하라는 건가요?"

"먼저 듣고 싶군요. 우리의 조건은 구단의 조건을 들은 후 말하겠습니다."

"솔직히 말씀드리면 저는 구단의 조건을 아직 가져오지 못했습니다. 감독님의 전화를 받고 부랴부랴 구단 측과 상의했으나 구단에서는 이번 계약에 대해서 그리 커다란 의미를 두고 있지 않았습니다."

"그래요?"

여유 있는 웃음이다.

한번 튕겨봤는데 전혀 씨알도 먹히지 않는다.

더군다나 최인혁은 예상이라도 한 것처럼 그저 고개를 끄덕인 후 술잔만 비웠다.

답답했으나 먼저 총을 쐈으니 기다리는 방법밖에 없었다.

총을 쏴놓고 이제 와서 아니라고 발뺌하는 건 하수 중의 하수다.

다행스럽게 최인혁은 술잔을 비운 후 잠시 뜸을 들이다가 천천히 입을 열었다.

"다시 말하지만 나는 강찬에게 이글스에 한정할 필요가 없다고 누차 말했습니다. 그러나 강찬은 반드시 이글스와 협상을 먼저 해야 한다고 하더군요. 그래야 되는 이유라도 있느냐고 물었더니 그놈은 이글스가 고맙기 때문이랍니다. 마음 약한 강찬은 야구를 다시 할 수 있게 해준 이글스에 보답하고 싶다는 마음이 간절하더군요."

"......."

"황 형께서 구단의 조건을 가져오지 못했다니 우리 측의 의견을 먼저 내놓겠습니다. 가져가셔서 구단 측과 상의해 보고 연락 주세요."

"말씀하십시오. 적겠습니다."

"계약금 2억에 연봉 5천입니다."

"정말입니까?"

최인혁의 말에 황인호가 고개를 퍼뜩 들었다.

말도 안 되는 조건이기 때문이다.

최인혁은 평생을 야구 판에서 살아온 사람이다.

물론 주로 필드를 뛴 사람이지만 그렇다고 선수들의 몸값에 대해서 전혀 문외한은 아니었다.

그 일례로 4년 전 강찬의 대리인 역할을 맡고 있던 최인혁에게 계약금 7억에 연봉 6천을 제시했고, 성적에 따라 최고 50%의 연봉 인상과 보너스를 옵션으로 달았으나 일거에 거부당한 적이 있다.

그런 그가 그때보다 훨씬 못한 조건을 걸고 나왔으니 입이 떡 벌어졌다.

반문했지만 머릿속은 팽팽 돌아갔다.

뭔가 있다. 그렇지 않다면 절대 이런 조건이 나올 수 없었다.

그리고 그런 판단은 정확하게 맞아떨어졌다.

"대신 2년 후 보류 명단에서 제외시켜 주겠다는 약속을 해

주세요. 그러면 두말없이 계약서에 도장 찍겠습니다."

"그런 말도 안 되는……. 그럴 수는 없습니다. 그리고 그런 조건은 구단 측에서도 절대 허락하지 않을 겁니다."

어쩐지 이상하다 했다.

워낙 적은 계약금을 이야기할 때부터 뭔가 찜찜했는데 최인혁은 이강찬의 이적을 프리하게 만들어놓는 게 목적이었던 모양이다.

대형 신인에게 구단에서 7억 이상의 커다란 계약금을 베팅하는 것은 오랜 기간 동안 팀에 공헌하게 될 선수에 대한 선보상책이며 7년이 넘어 FA가 되었을 때와 해외 진출 시 막대한 금액을 구단에서 벌어들일 가능성이 있기 때문이다.

다시 말하면 계약금은 일종의 선투자금으로서 연봉과는 다르게 회수 목적이 담겨 있는 것이다.

2년을 뛰고 보류 명단에서 제외한다는 조건을 계약서에 넣는다는 건 무조건 이적을 하겠다는 뜻이나 다름없었다.

보류 명단에서 제외한다는 것은 선수를 방출한다는 것을 의미했고, 방출한 선수에 대해서는 구단에서 권리를 행사할 수 없었다.

절대 용납할 수 없는 조건이었다.

그랬기에 황인호는 들고 있던 소주잔을 내려놓고 물끄러미 최인혁을 바라보았다.

"감독님, 이런 계약은 프로야구 역사상 한 번도 없었습니다. 재고해 주십시오. 협상이 진전되면 나중에 말씀드리려고 했는데 어쩔 수 없이 지금 말씀드려야겠군요. 저는 구단 측에 강찬의 몸값으로 10억을 준비해 달라고 했습니다. 물론 연봉은 5천만 원에서 시작해 매년 성적에 따라 최대한 반영하고 10승 이상 거뒀을 경우 보너스도 빵빵하게 챙겨준다는 조건도 넣어줄 생각이었습니다."

"황 형."

"감독님, 계약금이 적다면 구단주의 멱살을 쥐어서라도 최대한 올려보겠습니다. 그러니 그 카드는 빼주십시오."

황인호의 표정이 간절하게 변했다.

어떤 수를 쓰더라도 최인혁을 설득해서 원하는 계약을 이뤄내야 했다.

하지만 최인혁의 표정은 소주잔을 기울이며 담소를 나눌 때와는 완전히 바뀌어 있었다.

"다시 말하지만 우리의 목적은 단 하나뿐입니다. 그랬기 때문에 돈에 대한 욕심을 내지 않은 것입니다. 구단에 가서 말씀하십시오. 내가 본 강찬의 투구는 현재 대한민국에 존재하는 어떤 투수와 비교해도 구위가 떨어지지 않습니다. 계약서에 도장만 찍는다면 이글스는 2년 동안 막강한 에이스를 보유하게 되는 겁니다. 결코 손해 보는 장사가 아니란 말입니다."

　　　　*　　　　*　　　　*

　이글스의 구단주 사무실은 싸늘한 분위기로 젖어 있었다.

　소파에는 모두 다섯 명이 있었는데, 상석에는 구단주인 백성춘이 앉아 있고 좌측에는 단장인 윤종운과 황인호가, 우측에는 김남구 감독과 장혁태 코치가 나란히 자리한 상태이다.

　황인호는 최인혁과 몇 차례 더 미팅을 가졌음에도 더 이상 진척이 없자 오늘 자리를 마련해 최종 보고를 했다.

　사전에 돌아가는 상황에 대해서는 보고해 왔고, 이젠 어떻게든 마무리 지을 필요성이 있었다.

　동계 훈련을 감안한다면 최대한 빨리 계약을 끝내는 것이 바람직했다.

　황인호의 보고가 끝나자 담배 연기를 뿜어내던 구단주 백성춘이 신경질적으로 재떨이에 담배를 비벼 껐다.

　그는 황인호의 보고를 받으면서 연속으로 담배를 두 대나 피웠는데 담배를 끄는 것과 동시에 새 담배를 꺼내 입에 물었다.

　웬만한 사안에 대해서는 단장에게 일임하고 거의 나서는 법이 없는 백성춘이었으나 이강찬 건에 대해서는 처음부터 나서서 직접 보고를 받아왔다.

가라앉은 목소리.

거친 행동과는 다르게 그의 목소리는 냉정하게 울려 나왔는데 언뜻 차갑게까지 느껴질 정도였다.

"그렇게는 못 해! 그놈이 얼마나 뛰어난 실력을 가졌는지는 몰라도 절대 그런 조건으로 계약할 수는 없어!"

"구단주님, 그리되면 우리 팀은 내년에도 하위권을 벗어나기 어렵습니다. 잘 아시겠지만 올해 거액을 들여 영입한 선수들은 전부 계투 요원뿐입니다. 물론 선발투수가 시장에 나오지 않았기 때문에 그렇게 된 거지만 그렇다고 해서 결과가 바뀌는 건 아닙니다. 이번에 영입한 계투 요원들이 뛰어나다 해도 개들을 선발로 쓸 수는 없습니다. 결국 올해 뛴 놈들을 중심으로 선발을 꾸려야 된다는 건데 그리되면 결과는 올해와 다를 게 없습니다."

"무슨 소릴 하고 싶은 거야!"

"이강찬을 잡아야 합니다. 그놈과 고동식이 선발진에 합류하면 내년 시즌은 정말 해볼 만합니다. 그러니 그만하시고 받아들이시죠."

"안 된다고 했잖아!"

김남구 감독의 요청을 백성춘은 단박에 잘라 버렸다.

무슨 이야기를 하는 건지 잘 알고 있지만 이글스가 먼저 나서서 야구사에 길이 남을 모욕적인 계약을 한다는 건 생각조차 하기 싫었다.

하지만 좌중에 앉아 있는 사람들의 생각은 그의 의견을 그대로 받아들이지 않았다.

여기 있는 사람들의 바람은 모두 이글스가 내년 시즌에 꼴찌에서 벗어나 상위권으로 도약하는 것이었다.

김 감독에 이어 곧바로 나선 것은 장혁태 코치였다.

"이강찬은 몸이 풀리면 150㎞/h대의 공을 뿌려댑니다. 더군다나 강속구 투수답지 않게 제구력이 뛰어나고 변화구도 톱클래스 급입니다. 당장 실전에 투입시켜도 충분히 10승 이상 할 놈이란 말입니다. 구단주님, 무슨 생각을 가지고 계신지 잘 알지만 그놈을 잡아야 합니다."

"허어, 미치겠군."

평상시엔 입도 벙긋 안 하던 장혁태까지 나서서 반박하자 백성춘의 입에서 억눌린 신음이 흘러나왔다.

필드맨들의 계속되는 주장이 무겁게 가슴으로 밀고 들어왔기 때문이다.

그럼에도 결정 내리기가 쉽지 않았다.

프로야구 판에서 선수한테 일방적으로 유리한 계약을 하게 되면 다른 구단으로부터 병신 취급 받을 게 뻔했다.

암묵적으로 묶여 있는 규칙을 먼저 나서서 깬다는 부담은 정말 만만치 않은 일이었다.

그러나 한편으로 생각해 보면 연속으로 꼴찌를 면하지 못해 구단이 해체될 위기까지 몰린 마당에 무얼 못 할까 하는 생각도 들었다.

계약을 잘못해서 욕먹는 것보다는 꼴찌를 면하는 게 훨씬 급한 일이었다.

백성춘이 한풀 꺾이자 이번에는 단장인 윤종운이 슬쩍 나섰다.

그는 이번 시즌 중반에 단장으로 부임해 온 사람인데 전임 단장은 성적 부진을 이유로 감독보다 먼저 잘렸기 때문에 이제 겨우 부임한 지 3개월이 지났다.

회의에 들어오기 전 김남구 감독을 통해 무슨 수를 쓰더라도 이강찬을 잡아야 된다는 부탁을 들었다.

야구 판에 대해서 남 못지않게 잘 알고 있지만 직접 필드에서 뛰지 않았고 부임한 지 얼마 안 되었기 때문에 이강찬에 대해서는 전혀 알지 못했다.

그럼에도 김 감독의 부탁에 고개를 끄덕였다.

필드의 수장들이 반드시 잡아야 한다고 부탁할 정도면 단장으로서 대변해 주는 것이 당연하다고 생각했다.

그리고 그것은 자신과도 직접적인 관련이 있는 일이었다.

구단주와의 밀접한 친분 때문에 단장 직위에 올랐으나 내년 시즌에도 성적이 좋지 못하면 자신도 전임 단장처럼 중간에 잘릴지도 몰랐다.

그랬기에 그는 백성춘의 신음이 잦아지자 천천히 입을 떼었다.

"구단주님, 내년에도 꼴찌를 하게 되면 회장님께서 정말 구단을 해체할지도 모릅니다. 그리되면 불명예 계약이든 뭐든 전부 소용없는 짓이 되고 맙니다. 생각해 보십시오. 10승 이상 하는 선발투수가 우리 팀에 있다가 다른 팀에 가는 걸 멍하니 보고만 있었다면 회장님은 구단 해체는 물론이고 아마 우릴 죽이려 들지도 모릅니다."

"윤 단장, 무슨 말을 그리 살벌하게 해! 소름 돋잖아!"

"우리가 안 잡으면 이강찬을 채 갈 놈은 쎄고 쌨습니다. 당장 우리 바로 위에 있던 자이언츠는 괜찮은 선발투수만 뽑을 수 있다면 얼마를 투자해서라도 데려오겠다고 공언한 상황입니다. 타이거즈는 어떻고요. 걔들 스카우터는 지금 미국과 남미를 돌아다니며 눈이 시뻘게져 있습니다. 그런 마당에 만약 이강찬이 시장에 나온다면 아마 걔들은 목숨을 걸고서라도 자기 팀으로 데려가려 할 겁니다. 2군 리그 후반기에 워낙 강력한 공을 뿌려대서 이강찬에 대해 모르는 놈이 없습니다. 놈들이 움직이지 않는 건 이강찬이 우리하고 계약으로 묶여 있을 거라 지레짐작했기 때문이지 돈이 아까워서가 아니란 말입니다."

"그래서 어쩌자고!"

"계약하시죠. 그 돈으로 2년 잘 써먹으면 손해 보는 건 아니잖습니까. 더군다나 해외 진출만 아니라면 최초 협상 대상이 우리 팀이라는 걸 박아 넣기로 했다니까 그리 나쁜 조건도 아닙니다."

여러 사람이 계속해서 자신의 생각과 다른 의견을 내놓자 백성춘은 기어코 입에 물고 있던 담배에 불을 붙였다.

시간은 벌써 한 시간이 훌쩍 지났기 때문에 이제 결론을 봐야 할 때였다.

그의 눈이 황인호를 향했다.

다른 사람들의 의견도 중요했지만 선수 보는 객관적인 눈을 감안한다면 황인호의 의견이 가장 중요했다.

"어이, 황 팀장. 당신 생각은 어때?"

"제 생각도 다른 분들과 마찬가집니다. 이강찬은 우리 팀에 반드시 필요한 선수입니다."

"한 번 쪽팔리고 말자는 얘기지?"

"그렇습니다. 그리고 그게 불법도 아니지 않습니까."

"좋아, 씨발. 욕은 내가 먹는 걸로 하지. 대신 알아서들 해. 이강찬이가 내년에 정말로 10승 이상 하지 못하면 다들 죽을 각오 해. 알았어?"

최민영은 다가오는 강찬을 반가운 얼굴로 마중했다.

이것도 인연일까.

그룹 본사로 올라갔던 그녀가 대전 1군 구단 사무실로 내려온 것은 불과 열흘 전이다.

단장을 직접적으로 보좌하는 운영차장은 선수단 내의 대소사를 모두 관장하는 중요한 자리로서 특히 구단과 선수들의 홍보 및 관리를 전담하는 자리이다.

위로 운영팀장 황인호가 있지만 그는 선수 스카우트 및 계약을 전담하기 때문에 실질적인 구단 업무는 그녀의 손에서 움직인다고 보면 맞았다.

이번 이글스의 동계 훈련 계획도 모두 그녀의 구상에서 비롯되었다.

그동안 계속 훈련장으로 써온 괌을 버리고 하와이로 턴을 한 것도 최민영 때문이었다.

이왕 하는 훈련에 돈을 더 들이는 한이 있더라도 메이저리그 팀까지 훈련장으로 쓰는 하와이로 가는 게 훨씬 효율적이라 게 그녀의 주장이었다.

구단을 운영하는 최민영의 포스는 장난이 아니었다.

무슨 이유 때문인지 단장은 물론이고 구단주까지 그녀가

기획하고 기안해서 올리는 안건은 거의 전부 제동을 걸지 않고 무사통과시켜 주었다.

프런트에서 일하는 직원들은 물론이고 선수들까지 그녀의 정체를 궁금해했으나 2군을 관리했다는 전력밖에는 알아낸 것이 없었다.

그녀는 미스터리하기도 했지만 최상의 매력을 가진 커리어 우먼이었기 때문에 곧 사람들의 관심은 그녀의 배경보다 행동에 집중되었다.

그만큼 그녀는 이글스 구단에 갑자기 신선한 바람을 몰고 와 사람들의 혼을 빼놓고 있었다.

"어서 와요. 오랜만이죠?"

"민영 씨가 여긴 어떻게……. 서울로 가신 거 아니었어요?"

"야구장을 떠나면 잊어버릴 수 있을 거라고 생각했는데 그게 안 되더라고요. 그래서 그냥 좋아하는 거 하기로 했어요."

"그럼 여기서 근무하는 건가요?"

"그래요. 온 지 얼마 안 됐어요. 이제부터 강찬 씨와 함께 생활할 거니까 자세한 이야기는 나중에 하고, 일단 가요. 구단주님을 비롯해서 여러 분이 기다리고 계세요."

눈은 흔들렸지만 최민영은 강찬의 이야기를 끊고 몸을 돌렸다.

오늘은 남자와 여자의 관계가 아니라 선수와 관리자로 만났기 때문에 업무를 먼저 생각하는 것 같았다.

그럼에도 그녀의 태도는 뭔가 어색했다.

최인혁은 그녀와 강찬이 인사하는 모습을 그저 물끄러미 바라볼 뿐 아무런 말도 하지 않고 있다가 몇 발자국 뒤에서 걸음을 옮겼다.

대전 터미널에서 만나 여기까지 오는 동안 최인혁은 무슨 일 때문인지 간단한 몇 가지 주의 사항만 말해준 후 침묵을 지켰는데 구단에 도착해서도 그런 행동은 여전했다.

무슨 고민이 있는 걸까?

최인혁의 그런 행동에 강찬의 마음이 무거워졌다.

계약을 하게 된 오늘까지 강찬은 아무것도 하지 않았고 대신 최인혁이 나서서 문구 하나까지 신경 써서 마무리 지었다.

자신은 계약에 대해서 잘 모르기 때문에 그저 최인혁이 하자는 대로 따르기만 했다.

잘했을 거라 믿고 잘했다는 말도 들었기에 안심이 되었는데 계약하는 오늘따라 최인혁의 얼굴이 굳어져 있으니 걱정이 되었다.

한숨이 새어 나왔으나 지금은 대놓고 물어보기도 어려워 속으로만 애를 태웠다.

최인혁의 눈치를 보다가 고개를 흔든 후 시선을 고정시키자 먼저 몸을 돌려 걸어가는 최민영의 모습이 보인다.

또각또각.

귓가를 울리는 구두 소리.

여전히 환상처럼 아름다운 뒷모습을 지녔다.

그녀는 얼굴도 예뻤지만 몸매도 뛰어나 사내들의 애간장을 태웠다.

엘리베이터를 타고 5층으로 올라가 구단주 사무실로 들어가자 10여 명의 사람이 앉아 있다.

그들은 최민영과 강찬 일행이 들어서자 한꺼번에 자리에서 일어났는데 표정이 제각각이었다.

행사를 하는 게 아니기 때문에 간단한 인사를 주고받은 후 곧바로 준비된 계약서에 사인했다.

강찬은 계약서에 사인하면서 아무런 말도 하지 않고 그저 고개만 숙여 인사한 후 구단주의 손을 잡았다.

구단주의 환하게 웃는 모습이 어색하게 느껴졌다.

김남구 감독을 비롯해서 모여 있던 사람들이 그의 계약을 축하해 줬으나 기자는 하나도 보이지 않았다. 구단에서 강찬의 입단에 대해 아무런 보도 자료를 내지 않았기 때문이다.

하기야 강찬은 원래부터 이글스 소속이었으니 새삼스럽게 기자들을 부른다는 것도 이상한 일이었다.

강찬이 2군에 있다가 자연스럽게 1군으로 올라온 선수로 보이는 게 구단으로서는 가장 좋은 이미지를 확보할 수 있다고 생각한 모양이었다.

계약을 끝내고 삼 일이 지난 후, 최인혁에게서 전화가 온 것은 대전에 있는 구단 숙소에 짐을 풀었을 때다.

그는 같이 저녁을 먹자며 강찬을 대종로에 있는 황우촌으로 불러냈다.

황우촌은 고급 식당은 아니었으나 깨끗하게 인테리어가 되어 있고 사람들도 꽤 많이 찾는 곳이었다.

식당으로 들어서자 최인혁이 손을 번쩍 드는 것이 보였다.

그는 여전히 잠바 차림이었는데 수염을 깎아서인지 예전 모습이 그대로 드러났다.

계약서에 사인을 한 것은 강찬이었으나 실질적인 계약의 세부 내용은 최인혁이 다 작성했고 통장도 그가 전부 가지고 있었다.

대리인 자격으로 계약에 참여했지만 이 정도면 보호자나 다름없었다.

"앉아라. 짐은 다 풀었어?"

"예, 시설이 서산구장보다 훨씬 좋아요."

"다행이구나."

웃는데도 그 모습이 슬퍼 보였다.

계약서에 도장을 찍는 날에도 그러더니 오늘 역시 얼굴이 밝지 않았다.

그랬기에 강찬은 허리를 펴고 최인혁을 똑바로 바라보았다.

이제는 더 이상 궁금해서 견딜 수가 없다.

"감독님, 무슨 일입니까. 왜 그러세요?"

"내가… 강찬아, 내가 너한테 미안한 일을 저질렀다."

"저한테요?"

반문하는 강찬을 바라보지 못하고 최인혁은 물 잔을 들어 입으로 가져갔다.

그런 후 겨우 눈을 들었다.

하지만 그 눈은 심하게 떨려서 불쌍하게 보일 정도였다.

"3일 동안 미치도록 괴로워서 잠을 자지 못했다. 잘못을 저질러 놓고 후회한다는 게 이렇게 힘든 일인 줄 정말 몰랐다. 강찬아, 정말 미안하다."

"도대체 뭔데 그러세요!"

"사정이 너무 급해서 내가 네 돈을 써버렸다. 부끄러워서 얼굴을 들지 못하겠구나."

"계약금 말씀이시죠?"

"…그래, 계약금."

"얼마나 쓰셨는데요?"

"1억 2천을 썼다. 가게를 내느라 빚을 얻었는데… 이자를 못 내다 보니 집이 경매로 날아가게 생겨서 어쩔 수가 없이 그런 짓을 하고 말았다. 네가 얼마나 어렵게 살아왔는지 누구보다 잘 아는 내가 철면피가 되었으니 입이 열 개라도 할 말이 없다. 하지만 네 돈은 내가 어떻게든 갚을 테니 조금만 기다려 다오."

최인혁은 말을 끝내고 가슴에서 통장을 꺼내어 강찬에게 내밀었다.

통장을 꺼내 내미는 그의 손은 잘게 떨리고 있었다.

돈을 많이 벌고 싶다는 생각은 어릴 때부터 가져 왔었다.

돈을 벌면 써야 할 곳도 많았고 쓰고 싶은 데도 있었다.

그러나 떨리는 최인혁의 손을 보자 강찬은 아무런 생각도 떠오르지 않았다.

"다행이네요."

"다행이라니, 무슨 뜻이냐?"

"전 감독님 집에 우환이 있는 줄 알고 정말 가슴 졸이고 있었어요. 나쁜 일이 생겨서 고민하시는 것 같아서 제가 얼마나 걱정했는데요."

"…강찬아."

"그 통장 감독님이 가지고 계세요. 감독님은 저에게 아버지와 같은 분인데 그까짓 돈이 뭐가 문제겠어요. 저에게 야구를 가르쳐 주셨고 제가 병신이 되었을 때 병원비도 모두 부담하신 거 잘 알고 있습니다. 그러니 다시는 그런 거 가지고 걱정하지 마세요."

제4장
전지훈련

　최인혁은 끝끝내 통장을 받지 않고 돌려주었다.

　필요한 곳에 써도 된다는 강찬의 말에 눈물을 글썽였지만 통장을 내버려 둔 채 몸을 돌려 버스를 탔다.

　자신을 향해 보여준 강찬의 믿음.

　그 믿음을 배신하고 함부로 돈을 써버렸다는 자책감에 버스를 타는 그의 등은 잔뜩 휘어 있었다.

　강찬은 멍하니 통장을 바라보았다.

　그 큰돈이 왜 아깝지 않겠는가.

　하지만 최인혁이 필요하다면 언제든 그대로 줄 수 있다고 생각했다.

돈으로 살 수 없는 인연.

최인혁은 그에게 아버지와 같은 사람이었다.

연봉이 들어오는 통장은 따로 만들었기 때문에 계약금이 없어도 된다고 말했지만 최인혁은 강찬의 말을 듣지 않고 끝내 통장을 받지 않아 마음을 아프게 만들었다.

계약금을 2억이나 받게 된다는 말을 듣고 어떻게 쓸 것인 가를 생각했다.

먼저 최인혁이 자신을 위해 병원비로 쓴 돈과 계약을 진행하는 데 필요한 경비, 수고비를 주려고 했다.

얼마라고 책정하지는 않았다.

원하는 대로 가져갔으면 좋겠다는 생각을 했을 뿐이다.

그가 바라본 최인혁의 형편은 좋아 보이지 않았기 때문에 계약금으로 그 곤궁함만 벗어날 수 있다면 아무런 상관이 없다고 생각했다.

거액의 통장을 맡기며 비밀번호를 그에게 가르쳐 준 이유도 그 때문이었다.

하지만 그것이 최인혁의 가슴을 아프게 만들지는 미처 생각하지 못했다.

미리 말이라도 해줬으면 죄책감을 조금이나마 줄일 수 있었을 텐데 그리하지 못한 것이 못내 아쉬웠다.

강찬은 숙소로 돌아와 하룻밤을 묵은 후 외출 준비를 마치고 텅 빈 숙소를 나왔다.

구단이 마련해 놓은 선수들 숙소는 크고 깨끗해서 조금의 불편함도 느끼지 못할 정도였다.

대부분의 선수는 숙소에서 지내지 않았기 때문에 서산구장과는 다르게 전혀 북적거리지 않았고 샤워 시설도 방마다 설치되어 있어 다른 사람과 부딪칠 일이 없었다.

결혼한 사람들은 당연히 집을 구해 나갔고, 그렇지 않은 사람들도 대부분 대전에 있는 아파트에서 생활했다.

역시 1군 선수들의 삶은 달랐다.

막대한 계약금과 연봉을 받기 때문에 삶의 질이 2군에 비해 월등하게 윤택했다.

아직 이글스의 1군 선수들과는 상면하지 못한 상태이다.

지금은 휴식 기간이라 구단에 나오지 않기 때문인데 동계 훈련이 시작되는 월요일이면 모든 선수가 구단으로 모여들 것이다.

이글스에는 프랜차이즈 스타인 윤태균이 있었다.

그는 연봉만 10억을 받는 대스타로 꼴찌 팀인 이글스에서도 올해 타율이 3할 5푼에 달하는 활약을 해냈다.

어떤 사람들은 그의 홈런 수가 부족한 것을 빗대며 4번 타자로서의 역할을 제대로 수행하지 못했다고 비판했지만 그럼에도 그는 이글수 선수 중 제 몫을 충실히 해낸 몇 안 되는 선수 중 하나였다.

정성화와 이문승도 이글스의 일원이었다.

그들은 2년 전 벌어진 월드베이스볼에서 국가대표로 뛰며 대한민국을 4강에까지 끌어 올린 특급 야수들이다.

그러나 무엇보다 강찬이 보고 싶은 사람은 이일화였다.

이글스의 영원한 에이스 이일화.

비록 나이가 들면서 지금은 구위가 현저하게 떨어져 후배 선수들에게 밀리고 있으나 그는 아직도 선발로 뛰며 선수들의 정신적인 지주 역할을 하고 있었다.

강찬이 어릴 때부터 우상으로 여기던 사람들을 본다고 생각하자 저절로 가슴이 설레었다.

그들과 함께 그라운드에서 같이 뛰는 상상을 얼마나 많이 했던가.

그들을 만난다는 건 정말 가슴 떨리는 일이 아닐 수 없었다.

그에겐 삼 일 동안 해야 할 일이 있었고, 보고 싶은 사람들도 있었다.

최민영의 토요일 저녁에 밥을 먹자는 제의를 거절한 것도 그런 이유 때문이었다.

은서와의 감정을 정리한 이상 피할 이유가 없었으나 그에게는 남은 시간이 별로 없었다.

곧바로 택시를 타고 터미널로 향한 후 청주행 버스에 올랐다.

정말 오랜만에 가보는 소망원이다.

전화는 수시로 했으나 시간이 있어도 소망원을 찾지는 않았다.

조금의 시간도 허비하지 않겠다는 건 핑계에 불과했고 진짜 이유는 성공하지 못하면 돌아가기 않겠다는 오기 때문이었다.

물론 지금도 화려하게 성공한 것은 아니었으나 1년이란 시간이 훌쩍 지나면서 테레사 수녀님과 동생들이 간절하게 보고 싶었다.

예상대로 수녀님은 문을 열고 강찬이 들어서자 눈물부터 흘렸다.

훌쩍 커버린 동생들은 오랜만에 들어선 그를 어색하게 대했지만 시간이 지나자 그의 곁으로 다가와 재잘대기 시작했다.

동생들이 좋아하는 선물을 사 오지 못한 것이 아쉬웠다.

먹을 것을 잔뜩 사 왔으나 그것만으로는 아이들을 기쁘게 하기에 부족한 면이 있었다.

방으로 강찬을 끌고 들어온 수녀님은 강찬을 무작정 때리기 시작했다.

아프지는 않았다.

하지만 그 행동에 담겨 있는 걱정과 고마움이 느껴져 저절로 눈물이 나왔다.

1년이 넘도록 제대로 소식조차 전하지 않고 찾아오지 않는 아들을 기다리며 수녀님은 불면의 시간을 보낸 것이 틀림없었다.

어떻게 살았냐며 묻는 수녀님께 그동안 있던 일을 말해주었다.

나쁜 것은 모두 빼고 좋은 것만 말했다.

수녀님은 이야기를 들으며 함박웃음도 터뜨렸고 눈물도 보였다.

대견함.

그녀의 눈에 들어 있는 것은 원하는 것을 기어코 이뤄낸 아들에 대한 대견함뿐이었다.

하루 동안 머물면서 그동안 하지 못한 이야기를 나누었고, 수녀님이 끓여준 김치찌개와 된장찌개를 먹으며 동생들과 함께 시간을 보냈다.

예전에 은서가 있을 때는 동생들과 함께 근처 개천에 나가 고기도 잡고 들로 다니며 메뚜기도 잡고는 했는데 이제는 그렇게 할 수 없었다.

개천은 메워져 사라져 버렸고 들에는 건물들이 들어섰다. 반면 소망원은 예전보다 훨씬 낡아 그의 마음을 아프게 했다.

소망원은 어느새 늙어버린 수녀님의 얼굴처럼 여기저기 벽에 금이 가고 칠이 벗겨져 흉하게 변해 있었다.

다음 날 오후.

소망원을 떠나기 전 강찬은 수녀님에게 오천만 원이 담긴 통장을 내밀었다.

워낙 재정 상태가 좋지 않기 때문에 충분하지는 않을 테지만 이 정도면 당분간은 어려움을 면할 것이다.

테레사 수녀님은 강찬이 내민 통장을 담담히 받아 들더니 금액을 확인하고는 기절할 듯이 놀랐다.

이렇게 큰돈은 받을 수 없다며 뿌리치는 그녀의 손에 기어코 통장을 올려놓은 강찬은 도망치듯 소망원을 빠져나왔다.

이제 훈련이 시작되고 시즌이 열리면 한동안 소망원을 찾지 못할 것이다.

추억이 담긴 소망원.

그 소망원의 정경이 자꾸 눈에 밟혔으나 강찬은 돌아서서 한 발 한 발 무겁게 걸음을 옮겨 대전으로 향했다.

*   *   *

은서에게 남자 친구가 있다는 걸 알게 된 후부터 강찬은 그녀의 전화를 피하지 않았다.

그러자 은서의 전화가 다시 빈번해지기 시작했다.

그녀는 전화를 할 때마다 그동안 있던 일들을 꼬치꼬치 캐물으며 강찬이 어떻게 사는지를 알고 싶어 했다.

그런 그녀에게 강찬은 일상적인 이야기만 한 후 전화를 끊었다.

반갑게 감정을 나누기에는 그의 마음이 아직 정리되지 않았고, 냉정히 대하지 않으면 자신의 마음이 또다시 흔들릴 수도 있기 때문이다.

강찬은 천천히 걸어 캠퍼스를 올라갔다.

수녀님을 통해 은서가 여전히 기숙사에 머물며 아르바이트와 공부를 병행한다는 소리를 들었다.

전액 장학금을 받았지만 살아가기 위해서는 아르바이트를 해서 돈을 벌어야 하는 게 은서의 형편이었다.

그는 곧장 도서관으로 향했다.

은서는 아르바이트하는 시간을 제외하면 언제나 도서관에서 공부를 했기 때문에 정해진 장소로 가면 만날 수 있었다.

직선로에 놓인 계단을 오르고 또 올랐다.

도서관은 가장 높은 곳에 위치해 있기 때문에 칠십여 미터의 급한 계단을 올라가야 했다.

계단을 다 올라 도서관의 정문 쪽을 향하던 강찬은 스르륵 걸음을 멈추었다.

도서관의 정문에서 조금 비껴난 곳에 은서와 예전에 본 남자가 서 있었다.

괜찮을 거라 생각했는데 그 모습을 보자 또다시 가슴이 아파왔다.

잠시 망설인 후 천천히 걸어서 은서에게 향했다.

은서는 남자에게 무언가를 이야기하다가 눈을 돌려 강찬을 확인하고는 거짓말처럼 모든 행동을 멈추었다.

사람은 너무 놀라면 온몸이 경직되는 모양이다.

"은서야, 잘 지냈니?"

"…오빠!"

자신의 부르는 은서의 목소리를 들으며 강찬의 눈이 남자에게 향했다.

대화하는 도중에 불쑥 끼어들었으니 상대방이 불쾌해할지도 몰랐다.

자신으로 인해 은서가 곤란함을 겪는 걸 원하지 않았다.

"나는 은서 오빠 되는 사람입니다. 잠시 우리 은서 좀 빌려도 될까요?"

"아… 예."

갑작스러웠기 때문일까.

사내는 강찬의 말에 제대로 답하지 못한 채 두 눈만 껌벅였다.

강찬은 은서를 데리고 내려와 학교 근처의 커피숍으로 향했다.

아르바이트를 하면서 공부하기 때문인지 은서는 얼굴이 조금 여윈 것처럼 보였다.

종업원이 안내한 자리에 앉아 주문을 하고 나자 잠잠하던 은서의 입이 열렸다.

"오빠!"

"응?"

"말해봐. 도대체 나한테 왜 이러는 거야?"

"뭘 말이니?"

"내가 뭐 잘못한 거 있어?"

"무슨 소린지 모르겠다."

"그런데 왜 그래? 저번에 나 맹장 수술 했을 때 병원에 왔던 거 오빠잖아. 그렇지?"

눈을 빤히 뜨고 바라보는 은서를 향해 강찬은 아무 말도 하지 못했다.

전화상으로는 아니라고 발뺌했지만 막상 이렇게 만나서 추궁당하자 쉽게 입이 떨어지지 않았다.

자신을 바라보는 은서의 시선은 무섭게 떨리고 있었는데 아니라고 하면 금방이라도 눈물을 흘릴 것만 같았다.

그럼에도 겨우겨우 입을 열어 그녀의 기대를 무너뜨렸다.

"시즌 중에는 움직이지 못한다는 거 너도 잘 알잖아. 너 아팠다는 것도 나중에 들었어. 그때는 정말 미안했다."

"거짓말하지 마!"

"내가 거짓말할 이유가 없잖아. 갔으면 갔다고 하지 내가 왜 안 갔다고 하겠니. 정말이야."

"오빠 정말 나한테 왜 이래? 정신을 차리지 못했지만 분명 내가 잡은 건 오빠 손이었어. 내가 오빠 손도 못 알아봤을 것 같아? 그리고 기숙사 사람들이 다 말해줬어. 그 사람들이 말해준 인상착의는 분명 오빠였단 말이야!"

"…은서야."

"좋아, 그건 그렇다고 쳐. 얼마 멀리 떨어져 있지도 않은데 왜 날 안 보러 와? 그렇게 보고 싶다고 해도 어쩜 그럴 수 있어? 내가 그렇게 싫어?"

"소리 좀 줄여, 바보야. 그럴 리가 없잖아."

"그럼 도대체 뭐야? 나한테 왜 그래?"

"오빠가 너무 바빴어. 신고 선수로 들어간 후 죽을 만큼 노력해서 겨우 퓨처스리그로 올라갔다. 그랬기에 일 년 동안 미친놈처럼 사느라 널 만나러 올 수 없었어."

"그걸 말이라고 해!"

"…정말이야."

"그럼 오늘은 왜 왔는데?"

"사실은 오빠가 다음 시즌부터 1군에서 뛰게 되었어. 그래서 월요일부터 외국으로 동계 훈련을 떠나거든. 그래서 가기 전에 널 보려고 온 거니까 자꾸 화내지 마."

"오빠… 정말?"

부들부들 떠는 은서를 향해 강찬은 부랴부랴 품속에서 통장을 꺼냈다.

최인혁이 쓰고 남은 돈을 쪼개서 두 개로 만들었기 때문에 통장에는 삼천만 원이 들어 있다.

"이거 받아. 비밀번호는 맨 앞 장에 적혀 있으니까 찾아 쓰기만 하면 될 거야."

"싫어. 안 받아."

"괜한 고집 부리지 마라. 이제 4학년 올라가니까 아르바이트는 그만하고 공부나 열심히 해."

"그게 어떻게 해서 번 돈인데 내가 받아. 난 이대로 잘할 수 있으니까 가지고 가서 오빠나 써."

"까불지 마, 인마. 난 돈 쓸 데가 없는 사람이야."

"······."

"은서야, 오빤 이제 가봐야 할 것 같아."

"벌써 간다고?"

"급히 구단에 들어가 봐야 하거든. 동계 훈련 끝나면 다시 찾아올게. 그때는 같이 밥이라도 먹자."

말을 끝내고 일어서는 강찬의 손을 은서가 급히 잡아왔다.

그녀는 마치 놓치면 큰일이라도 나는 듯 강찬의 손을 움켜쥔 채 놓아주지 않았다.

"안 돼. 못 가. 가지 마."

은서는 급히 강찬의 손을 잡고 떨리는 음성으로 못 가게 막았다.

그런 그녀를 강찬이 의아한 눈으로 바라보았다.

"왜 그러니, 은서야?"

"오랜만에 와놓고 이러는 게 어디 있어. 나는 차도 다 못 마셨단 말이야."

"네 남자 친구 기다리잖아. 그러니까 어서 가봐."

"그 사람, 참을성 많아. 같이 자란 오빠라고 이야기해 놨으니까 걱정하지 않을 거야."

"그래도······."

"걱정하지 말라니까!"

은서가 날카로운 음성으로 강찬의 말을 막았다.

사람들이 돌아볼 만큼 큰 음성이었다.

그랬기에 일어서 있던 강찬은 자리에 다시 앉을 수밖에 없었다.

뜨겁던 커피는 어느새 식어서 온기만 남아 있다.

생각 같아서는 언제까지나 은서와 같이 있고 싶었지만 그런 마음이 들수록 가슴은 잿빛으로 물들어갔다.

그녀의 얼굴.

촉촉해진 눈으로 자신을 바라보는 그녀의 시선을 대할 때마다 한없이 나락으로 빠져드는 것만 같았다.

머리를 흔들었다.

이런 모습을 보이게 되면 은서가 또다시 힘들어지고 불행에 빠질 수도 있다는 걸 너무나 잘 알고 있다.

그래서 의연한 목소리를 내어 물었다.

"남자 친구는 뭐하는 사람이니?"

"학생이야. 군대 갔다 와서 복학했어."

"귀공자처럼 생겼더라. 귀티가 흐르고 잘생겼어. 옷 입은 거 보니까 집도 부자인 것 같고."

"맞아, 아버지가 사업하신대."

"그렇구나. 너는 어때? 공부는 잘돼?"

"응, 나는……."

은서는 봇물처럼 터진 질문에 대답하며 강찬의 얼굴에서

시선을 떼지 않았다.

얼마나 보고 싶던 얼굴인가.

수많은 시간을 불면으로 보내며 자신으로 인해 멀어진 오빠를 그리워했다.

오빠도 사람인 이상 자신의 감정을 모를 리가 없다고 생각했다.

그러나 강찬은 자신과 같은 감정을 가지고 있지 않은 모양이었다.

전화를 계속 피하고 한 번도 찾아오지 않은 건 그런 이유때문인 것 같았다.

그저 동생으로만 여기던 철없던 꼬마가 갑자기 여자처럼 행동했으니 얼마나 당황스럽고 불편했을까.

아파서 힘들어하는 자신의 전화를 받고 그 늦은 밤에 기숙사와 병원을 찾아온 것은 오랜 시간을 같이 보낸 정이 남아 있기 때문이지 자신을 사랑해서는 아니었을 것이다.

그것은 강찬의 행동을 봐도 충분히 알 수 있었다.

야구를 하면서 훈련에 전념하다 보면 전화를 받지 못하는 경우도 많겠지만 몇 달 동안 통화가 되지 않는다는 건 고의로 피하는 것이 분명했다.

한동안 매일같이 전화를 하다가 자신도 모르게 지쳐 갔다.

매일같이 하던 전화는 이틀이 되고 삼 일이 되었다가 일주

일로 멀어졌다.

대학 서클 선배인 황인태의 대시를 일 년이나 완강하게 거부하다가 포기하는 마음으로 받아들인 것도 그때부터였다.

그가 대일화학의 상속자이며 잘생긴 외모와 부드러운 성격을 가졌기 때문이 아니었다.

강찬에게 받은 상처를 누군가에게 위로받고 싶었다.

자신의 가슴은 곪을 대로 곪아서 누군가 치료해 주지 않으면 죽을 것만 같았으니까.

그래서 밥 먹자고 졸라대면 밥을 먹어주었고 차를 마시자고 하면 차를 마셨다.

하지만 그 상처는 누군가의 위로로 치유되는 것이 아니라는 걸 뒤늦게 알 수 있었다.

황인태를 만날수록 강찬에 대한 그리움은 오히려 커져 갔고, 그녀는 죽음과도 같은 고통에 힘들어했다.

그래도 잊어야 했다.

아니, 잊을 수는 없겠지만 잊기 위해 노력해야 했다.

두 달 전 어느 날 학교에서 되돌아가는 강찬의 모습을 보았다. 황인태와 함께 차를 마시다가 우연히 고개를 돌리면서 익숙한 모습을 확인했는데 그 사람은 꿈속에서조차 그리워하던 강찬이었다.

정신없이 뛰어가는 오빠의 모습을 봤지만 너무나 빨라서

잡을 수가 없었다.

그래도 미친년처럼 뛰었다.

엉엉 울면서 제발 서달라고 소리쳤으나 강찬은 그녀의 바람과는 다르게 순식간에 사라져 버렸다.

사람 속으로 사라져 간 강찬을 찾기 위해 한참을 걷다가 땅바닥에 주저앉아 한없이 눈물을 흘렸다.

가슴이 찢어질 것처럼 아파서 견딜 수가 없었다.

얼마나 오랫동안 울었는지 기억조차 나지 않았다.

사람들의 시선.

그런 것은 그녀에게 아무런 의미가 없었고 뒤늦게 따라와 자신을 부축하며 의아하게 바라보는 황인태의 시선도 마찬가지였다.

오랜 방황과 열병.

한동안 일어서지 못할 정도의 아픔을 겪고 나서 떨리는 손으로 전화를 했다.

어떻게 하든 강찬의 목소리를 들어야만 살아갈 수 있을 것 같았다.

강찬이 예상외로 자신의 전화를 받기 시작한 것은 그때부터였다.

물론 어릴 때처럼 다정하지는 않았지만 전화를 피하지는 않았다.

기쁘면서도 갑자기 변한 강찬의 태도가 의아했다.

왜 변한 걸까.

한동안의 고민 끝에 자신이 황인태와 같이 있는 걸 강찬이 봤기 때문이란 생각이 들었다.

그때서야 이해가 되었다.

남자를 사귀기 시작했으니 자신이 더 이상 이상한 눈으로 보거나 괴롭히지 않을 거란 생각에 전화를 받는 것 같았다.

도대체 왜…….

어릴 때는 그토록 예뻐하던 오빠였는데 왜 이토록 자신의 사랑을 외면하는지 이해가 되지 않았다.

묻고 싶었다. 왜 그러는지.

일어서는 강찬의 손을 막무가내로 붙잡은 것도 그런 이유 때문이었다.

하지만 결국 아무 소리도 하지 못하고 스르륵 손을 떨어뜨리고 말았다.

하고 싶은 대로 하게 되면 정말 다시는 오빠를 보지 못하게 될지도 모른다.

그래서는 안 되었다.

그렇게 된다는 건 상상조차 하기 싫었다.

이렇게라도 오빠의 목소리를 들을 수 있다면 사랑을 포기 하는 한이 있더라도 그렇게 할 생각이다.

오빠를 이렇게 볼 수만 있다면…….

*   *   *

시간은 순식간에 흘러 월요일은 금방 다가왔다.

무려 한 달 반에 걸친 전지훈련이기 때문에 일요일은 짐을 싸느라 분주하게 움직여야 했다.

동계 훈련은 보통 한 달 정도 하는데 예산 문제 때문에 대부분 일본의 오키나와에서 시행하는 것이 보통이었다.

프로야구단이 오키나와를 전훈장으로 이용하는 것은 시즌 전에 연습 게임을 할 수 있는 여건이 좋고 경비가 적게 든다는 장점이 있기 때문이다.

대부분의 팀이 전훈을 함께하면서 연습 게임에 대해서 걱정할 필요가 없고 일본팀과의 교류전까지 할 수 있다는 건 꽤나 커다란 메리트였다.

그러나 경기장을 빌리기가 어렵고 훈련 시설도 다른 곳에 비해 열악한 편이라서 코치진과 선수들이 싫어하는 곳이기도 했다.

코치진이 동계 훈련 계획을 짜면서 구단 측에 괌이나 하와이를 건의하는 것도 그런 이유 때문이었다.

가장 중요한 마무리 훈련이 장소로 인해서 효율적으로 이루어지지 못한다는 건 가슴 아픈 일이었다.

매년 반복되었으나 결과는 언제나 똑같았다.

엄청난 인기를 끌고 있는 프로야구였지만 구단의 사정은 여전히 열악해서 막대한 자금이 들어가는 곳으로의 전지훈련은 꿈도 꾸지 못할 형편이었다.

그런 와중에 이글스가 전훈장을 하와이로 잡고 기간도 다른 팀보다 훨씬 긴 한 달 반을 정해놓은 것은 이변 중의 이변이었다.

전훈장의 여건은 사실 다른 어떤 곳보다 하와이가 뛰어났다.

따뜻한 날씨도 그렇지만 숙소와 캠프가 워낙 훌륭해서 동계 훈련을 하기에는 최적의 장소였다.

더군다나 하와이는 겨울 동안 메이저리그 팀들의 훈련 캠프가 차려지는 곳이었고, 일본 리그에서도 상위권 팀이나 재정이 좋은 팀들이 전훈을 오기 때문에 연습 경기도 충분히 치를 수 있었다.

선수들은 당연히 환호성을 질렀다.

성적 부진과 좋지 못한 재정 형편을 감안한다면 오키나와도 감지덕지할 판인데 하와이라니 정말 기가 막힐 일이었다.

이번에 처음 전훈을 떠나는 강찬과 임관은 설레는 마음으로 구단 버스를 탔지만 같이 숙소를 이용하는 몇몇 선수들의 표정은 밝지 않았다.

처음에는 하와이로 떠난다는 말에 그들도 함박웃음을 흘렸으나 막상 떠날 날이 다가오자 표정이 점점 어두워져 갔다.

그들은 강찬과 나이가 비슷하거나 조금 많은 젊은 선수들이었는데 한두 번씩 전지훈련 경험이 있기 때문인지 도살장에 끌려가는 소처럼 행동하고 있었다.

하긴 처음 가는 강찬과 임관은 왜 그들이 그런 표정인지 모르는 게 당연했다.

전지훈련은 다음 시즌을 준비하는 코치진에게는 가장 중요한 행사이고 과정이었다.

그랬기에 감독을 비롯해서 모든 코치진이 철저히 선수들을 대인마크하며 조금도 농땡이 치지 못하도록 철저히 감시했다.

그건 고참이고 신참이고 구분을 두지 않았다.

연일 계속되는 훈련의 반복.

1군이란 안락감에 젖어 생활하던 선수들은 지옥 같은 훈련이 끝나면 체중이 5㎏ 이상 빠질 정도로 고통스러운 나날을 보내야 했다.

이글스의 1군 엔트리 숫자는 25명이고 그중 숙소에 머물고 있는 선수는 6명이었는데 강찬과 임관을 빼고 난 네 명의 선수는 백업 멤버가 대부분이었다.

백업 멤버는 다시 말해서 후보 선수나 다름없었다.

특히 백업야수나 포수들은 주전들이 부상을 당하거나 극도로 컨디션이 안 좋은 경우가 아니라면 출전하기 어렵기 때문에 이름조차 알려지지 않는 경우가 많았다.

당연히 연봉도 적었으니 숙소에 머물 수밖에 없는 형편이다.

그렇다고 해서 그들이 실력 없다는 건 아니었다.

그들은 고등학교와 대학교에서 치열한 경쟁을 뚫고 프로야구 1군에 진입한 미완의 대기들이었으니 언제 비상할지 모를 뛰어난 선수들이었다.

그런 그들조차 동계 훈련은 두려워했다.

누구보다 열심히 훈련해서 주전 자리를 꿰차야 하는 그들이지만 잠시도 쉬지 못할 만큼 몰아치는 힘든 전훈은 표정이 어두워질 만큼 반갑지 않은 것이 사실이다.

숙소에 들러 젊은 선수들을 태운 버스는 곧장 구단 사무실로 향했다.

오늘의 일정은 모든 선수가 구단에 모여 주의 사항을 듣고 버스에 탑승해 인천국제공항으로 이동하는 것으로 정해져 있었다.

선수들이 사무실로 들어서자 최민영이 그들을 반갑게 맞이하며 걸어 나왔다.

한 손에는 서류철을 들고 서 있었는데 단상 쪽에 그녀의 것으로 보이는 커다란 여행용 가방도 자리를 차지하고 있었다.

한눈에 봐도 그녀도 같이 가는 분위기다.

여자가 남자들만 있는 전지훈련장에 따라간다는 상상을 해보지 않았기 때문에 황당하다는 생각이 들었다.

그러나 자신과는 다르게 슬쩍 눈치를 보니 다른 사람들은 당연하다는 표정이다.

강찬은 몰랐지만 동계 훈련에 관련된 모른 일정 관리와 경비를 책임지는 그녀가 프런트 직원들과 함께 전훈에 따라가는 것은 당연한 일이었다.

시간이 지나자 선수들이 들어오기 시작했다.

텔레비전 야구 경기 중계 때나 보던 이글스의 주전들이 하나씩 들어왔다.

강찬이 문 앞에 서서 들어오는 주전들을 향해 공손히 인사하자 그들은 마치 미리 알고 있었다는 듯 어깨를 두들겨 주며 반갑다고 인사를 해줬다.

하지만 그게 다였다.

이제 갓 1군에 올라온 신출내기들을 향해 그들은 더 이상 관심을 두지 않고 자기들끼리 휴식 기간 동안의 안부를 묻느라 정신이 없었다.

프로야구 판에서 선수들은 물과 같은 존재였다.

돌고 돈다.

특히 신출내기들은 수시로 물갈이가 되면서 1군과 2군을 들락거리다가 아무도 모르게 사라져 가곤 했기 때문에 경험이 많은 주전들은 쉽게 정을 주지 않는 버릇이 있었다.

세상을 현명하게 살아가는 방법을 터득한 것이라고 말한다면 잔인한 걸까.

정을 주고 아파하는 것보다는 처음부터 정을 주지 않는 것이 덜 아프다는 걸 그들은 경험을 통해서 충분히 알고 있었다.

또 한 번 문이 열리고 드디어 윤태균이 천천히 들어왔다.

육중한 몸에서 우러나오는 포스.

그가 들어서자 웅성거리던 사무실이 조용해지며 많은 선수들이 한꺼번에 고개를 숙여 주장에 대한 예의를 갖췄다.

그 역시 다른 선수들과 다르지 않게 강찬과 임관의 어깨를 툭툭 쳐 준 후 사무실 중간으로 걸어갔는데 곧 많은 선수들로 둘러싸여 안부를 주고받느라 더 이상 강찬을 바라보지 않았다.

들어오는 사람들이 뜸해지고 사무실의 소란도 잠잠해져 갈 때 드리어 꿈속에서조차 만나고 싶던 사람이 문을 열고 들어왔다.

강찬의 우상인 이일화였다.

이글스의 최고참이며 살아 있는 전설적인 투수.

윤태균이 주장으로서 후배들에게 막강한 포스를 자랑했다면 그는 따스한 웃음을 머금고 사무실로 들어섰다.

사람들의 반응은 윤태균보다 훨씬 강했다.

윤태균이 들어올 때는 조용해진 실내가 그가 들어오자 환호성으로 변하며 난장판이 되었다.

마치 무슨 수상식장에 주인공이 들어오는 분위기였다.

그런 그들을 향해 웃으며 손을 들어준 이일화는 문 앞에서 급히 인사를 하는 강찬을 향해 부드럽게 입을 열었다.

"네가 말로만 듣던 이강찬이구나. 설마 내가 누군지 모르는 건 아니겠지?"

다른 사람과는 달리 이일화는 다가와 악수를 청하는 선수들의 손을 일일이 잡아주고 나서도 강찬의 곁에서 떠나지 않았다.

대선배가 옆에서 움직이지 않자 불편해서 죽을 지경이었지만 강찬과 임관은 아무 말도 못 하고 선배들이 하는 행동을 지켜보기만 했다.

최민영이 단상에 오른 것은 김남구 감독을 포함한 코치진이 사무실로 들어왔을 때다.

곧이어 거침없는 브리핑이 시작되었다.

그녀는 여행에 필요한 주의 사항을 하나씩 열거하면서 선수들에게 설명해 주었는데 강찬은 그녀의 이야기를 들으면서도 반쯤은 알아듣지 못했다.

해외여행은 처음이기 때문에 입출국 절차에 대해서는 문외한이었고 면세점 이용에 관한 것은 물론이고 비행기에서 쓰는 서류 작성에 대해서도 아는 것이 없었다.

하와이에 도착해서 숙소로 이동하는 과정까지 설명을 마친 최민영은 김 감독에게 할 말 있으면 하라고 기회를 주었다.

팀을 이끄는 수장에 대한 예의였다.

하지만 김 감독은 고개를 흔들며 얼른 출발하자고 독촉해 선수단의 출발은 생각보다 훨씬 빨리 이루어졌다.

비행기를 처음 타본 강찬은 모든 것이 어리둥절했다.

출국 절차를 거쳐 게이트를 지나 비행기에 탑승하는 과정까지 모두 생전 처음 해보는 것들이다.

재밌는 것은 이일화가 강찬을 항상 데리고 다닌다는 것이었다.

그는 무슨 이유인지 비행기 좌석도 옆자리를 골라서 탔는데 하와이로 가는 내내 그는 야구를 하면서 겪은 재미있던 일들을 이야기해 줬다.

어렵게만 느껴지던 이일화에 대한 선입감은 하와이에 도착하기 전 안개가 걷히는 것처럼 슬그머니 사라져 버렸다.

정말 유쾌하고 사람을 편하게 만들어주는 재주를 가진 사람이었다.

야구 일화를 소개하는 와중에 간간이 질문도 던졌기 때문에 자연스럽게 대화에 빠져들 수밖에 없었다.

한번 떨어진 입은 질문으로 이어졌고, 강찬은 자신의 우상인 이일화에게 그동안 궁금해하던 것들을 물으며 끝없는 대화를 나누었다.

대부분의 선수들은 수면을 취했지만 두 사람만은 야구에 관해 의견을 나누며 시간을 보냈다.

두 사람의 대화는 투수에 관한 것이 주 내용이었다.

전설적인 명투수에 대해서 이야기를 나누다가 주제가 구질로 옮겨졌고 타자들에 대한 공략법도 거론되었다.

그렇게 두 사람의 대화는 끝없이 이어졌다. 아마 비행기가 착륙하지 않았다면 밤새도록 대화를 했을 만큼 그들의 대화는 진지하고 유쾌했다.

아홉 시간의 비행을 끝내고 공항에 도착해 숙소로 정해진 호놀룰루호텔에 도착했을 때는 이미 저녁을 먹어야 할 시간이 지나 있었다.

짐을 풀고 곧장 선수단이 향한 곳은 미가원이라는 식당이었다.

미가원은 고기를 주로 파는 식당이었는데 예전에 하와이

가 한창 전지훈련 장소로 인기가 있을 때 자주 애용한 식당이라고 한다.

코치들의 표정이 굳어졌고 선수들이 긴장하기 시작한 것은 저녁 식사를 마치고 호텔 회의실에 도착하고 난 후부터였다.

대전에서 출발할 때는 아무 말 없던 김남구 감독은 누가 자리를 펴지도 않았는데 직접 단상으로 나가 미리 준비해 놓은 화면을 향해 레이저 포인트를 쐈다.

화면에는 프런트에서 준비한 팀 훈련 일정과 개인 훈련에 필요한 호텔 시설까지 사진을 곁들여 상세하게 파일링되어 있었다.

팀 훈련에 관한 스케줄은 주간으로 구성되었고 일별로 그 내용이 모두 달랐다.

팀 훈련은 9시 반에 시작해서 2시까지 점심시간 없이 진행되는데 기초 체력 훈련과 팀 전술 훈련이 주축을 이루었다.

중간에 점심을 먹게 되면 오후 훈련을 모두 망치게 되기 때문에 예전에도 이런 방식으로 훈련했다고 한다.

선수들은 감독의 설명에 한숨을 내쉬었다.

다섯 시간 동안 시행되는 훈련량은 상상을 초월할 정도로 강력한 것이었다.

물론 시즌을 치르기 위해서는 체력을 길러야 하고 그런 체력을 기르기 위해서는 많은 양의 훈련이 필요하다는 것을 선수들은 잘 알고 있었다.

그럼에도 불구하고 한숨이 나오는 것은 그 고통이 너무나 크기 때문이었다.

시합을 하면서 거의 1년 동안 훈련에서 벗어나 있던 주전들의 몸은 풀어질 대로 풀어져서 다시 체력을 궤도에 올리기 위해서는 뼈를 깎는 노력이 필요했다.

김남구 감독은 스케줄을 모두 설명하고 난 후 연습 경기 계획에 대해서도 입을 열었다.

지금 하와이에는 네 개의 미국 팀과 두 개의 일본 팀이 전지훈련을 와 있는 중이었다.

미국 팀은 메이저리그에 소속된 뉴욕 메츠와 트리플A 팀인 포터킷 레드삭스, 샬럿 나이츠가 있었고, 루키리그에 포함되어 있는 블루필드 오리올스가 딜링햄 에어필드에 자리 잡은 상태였다.

반면 일본 팀은 올해 우승 팀인 호크스가 호놀룰루에 묵고 있었는데 하와이를 전훈 장소로 결정한 것은 메이저리그 팀이 자주 찾기 때문에 연습 경기의 질을 높일 수 있다는 것과 우승에 대한 보상이 이유였다.

일본 팀은 리그를 평정하고 우승하면 선수단 전체에 대해서 포상 휴가를 보내주는데 그 장소가 대부분 하와이였다.

프로 선수는 누가 시켜서가 아니라 스스로 완벽한 상태가 되도록 관리해야 된다는 게 일본 야구의 철학이다.

휴식을 취하라고 보냈지만 선수들이 앞뒤 재지 않고 휴식만 취하다가 오지 않는다는 걸 구단은 너무나 잘 알고 있었다. 이왕이면 명분도 살리면서 메이저리그 팀을 상대로 연습도 할 수 있는 하와이를 선호하는 건 구단으로서는 어쩌면 당연한 일이었다.

일본의 다른 한 팀은 자이언츠였다.

자이언츠는 일본에서 알아주는 부자 구단 중의 하나로 몇 해 전부터 성적과 상관없이 동계 기간이 되면 이곳 하와이에 진을 치는 팀이다.

일설로는 로열하와이언호텔이 자이언츠의 모그룹과 긴밀한 관계에 있어 모든 경비를 무대로 처리할 수 있기 때문이라는 소문도 돌았지만 확인된 바는 없었다.

문제는 일본 팀들이 이글스와의 연습 경기에 응해줄지가 의문이라는 것이다.

아마 힘들 거란 생각이 들었다.

호크스는 올 시즌 우승 팀이고 자이언츠는 언제나 우승 후보로 꼽히는 강팀 중의 강팀이었다.

그런 팀들이 대한민국에서 연속 3시즌이나 꼴찌의 불명예를 떠안은 이글스를 상대로 연습 경기를 해줄지는 정말 의문이었다.

그렇다면 상대는 미국으로 한정되는데 그마저도 쉽지 않은 형편이었다.

당연히 메이저리그의 일원인 메츠는 콧방귀도 안 뀔 테니 트리플A리그 소속인 2팀이나 루키리그 팀과 경기를 할 수밖에 없었다.

강팀과 연습 경기를 해야만 효과를 보는 건 아니지만 이왕이면 강팀과 해보는 것이 경험이나 실력 확인 면에서 유리하다는 건 삼척동자도 아는 얘기다.

루키리그면 몰라도 트리플A 정도라면 절대 만만하게 볼 수 없는 전력을 지녔다.

그랬기에 최대한 포터킷 레드삭스, 샬럿 나이츠와의 게임을 성사시켜야만 훈련의 효과를 볼 수 있다는 게 코치진의 복안이었다.

훈련은 도착한 다음 날부터 알라와이파크 구장에서 시작되었다.

훈련의 강도는 단내가 날 정도로 강했지만 강찬은 묵묵히 견뎠고, 늦은 점심을 먹고 나면 임관과 함께 개인 훈련에 매진했다.

이 정도는 그동안 해온 강찬의 고통에 비하면 아무것도 아니었다.

4년 동안이나 지옥 같은 훈련을 견뎌왔으니 삼 주가 지나
도록 전지훈련이 힘들다고 느낀 적은 한 번도 없었다.

독보적인 체력.

다른 선수들은 지치지 않는 체력으로 모든 테스트에서 압
도적으로 우수한 성적을 보여준 강찬을 괴물이라고 불렀다.

웃통을 벗은 강찬의 전신은 잔근육으로 촘촘히 덮여 있어
강인하게 보였는데 그러면서도 믿어지지 않을 만큼 뛰어난
유연성을 보여줘서 보는 이들을 놀라게 만들었다.

한계를 이겨내는 투구를 강찬은 훈련 기간 동안 다섯 차례
나 가졌다.

자신의 근육은 한계에 근접할 때 제동성이 약해진다는 사
실을 알았기 때문에 그는 무리하다시피 많은 투구를 전력을
다해 던졌다.

그리고 그 효과는 확실할 정도로 크게 나타났다.

7회 이상을 던져야 150㎞/h를 넘던 구속은 시간이 지날수
록 점점 앞으로 당겨지더니 다섯 번째 투구를 끝내고 나서는
3회까지 내려왔다.

강찬의 투구를 직접 지켜본 장혁태는 입을 벌린 채 연신 웃
음을 터뜨렸고, 보고를 받고 달려온 김남구 감독은 체통을 벗
어던지고 강찬을 품에 안고 춤을 추었다.

강찬이 미완의 대기에서 비밀 병기로 완벽하게 탈바꿈하는 순간이었다.

연습 경기가 잡힌 것은 선수들의 체력이 본격적으로 궤도에 오른 4주 차의 마지막 날이었다.

이글스에서는 여러 팀과 연습 경기를 추진했으나 막상 게임을 하게 된 것은 루키리그에서 뛰고 있는 블루필드 오리올스였다.

트리플A 팀이나 일본 팀들은 이글스의 경기 제안에 콧대를 세우며 자신들의 훈련 일정이 있으니 기다리라는 말만 계속해서 프런트의 속을 새까맣게 태웠는데 그 와중에 오리올스에서 먼저 게임을 제안해 온 것이다.

그들의 태도는 정중했지만 자신에 차 있었다.

자신들이 비록 루키리그 팀이지만 충분히 해볼 만할 것이라며 이글스의 코치진과 프런트를 자극했다.

처음에는 시큰둥했으나 오리올스의 건방진 태도에 기어코 뚜껑이 열린 김 감독은 그들의 제안을 받아들인 후 알라와이 파크 구장으로 끌어들여 박살을 내버렸다.

14 : 0.

미국의 마이너리그가 4단계로 이루어졌다고 생각하는 것은 잘못된 상식이다.

마이너리그는 트리플A부터 차례대로 더블A, 더블A어드밴스, 싱글A, 싱글A어드밴스, 그리고 루키리그로 이루어진다.

다시 말해서 루키리그는 마이너리그 중에서도 최하위 리그로 우리나라로 본다면 사회인 야구 수준이나 다름없을 정도로 수준이 낮은 팀이었다.

그런 팀의 건방진 행동을 그냥 넘기지 못한 김남구 감독은 팀의 에이스인 이태진을 투입했고, 타자들도 전부 주전으로 구성해서 5회 콜드게임으로 경기를 끝내 버렸다.

오리올스의 퍼키슨 감독은 일곱 명의 투수를 계투시키며 어떻게든 막아보려 노력했으나 국가대표가 세 명이나 포진한 이글스의 타선을 루키리그의 투수들로 막는다는 건 처음부터 불가능한 일이었다.

반면 오리올스의 타선은 5회 동안 단 한 개의 안타만 기록했을 정도로 처참하게 당했다.

선발로 나온 에이스 이태진은 3회까지 삼진을 네 개나 솎아내었고, 뒤이어 계투로 나선 류명선과 정철기도 1회씩 던지며 완벽하게 틀어막았다.

정열의 도시 하와이는 야구 열기도 뜨거웠다.

오랜만에 야구 경기가 열린다는 소식을 듣고 알라와이파크 구장에는 이백 명이 넘는 많은 관중이 몰렸는데 그들은 경기 내내 열렬히 오리올스를 응원했다.

재밌는 건 경기가 끝난 후의 관중들 반응이었다.

엄연히 수준 차이가 난다는 것을 알면서도 미국인들은 일방적으로 자국 팀이 당하자 불쾌하다는 반응을 노골적으로 나타내며 한동안 자리를 떠나지 않았다.

샬럿 나이츠에서 연락이 온 것은 바로 그다음 날이었다.

그동안 배짱을 튕기며 애를 태우던 그들은 갑작스럽게 태도를 바꿔 곧바로 게임을 하자고 제안해 왔다.

그런 샬럿 나이츠의 대리인에게 김 감독은 쓴웃음을 지으며 지체 없이 오케이 사인을 보냈다.

최민영을 통해 어제 있던 경기 결과 때문에 하와이의 여론이 나빠졌다는 소식을 들었다.

하와이 주는 8개의 섬과 120개의 무인도로 구성되어 있는데 호놀룰루 시가 자리 잡은 오아후 섬은 인구의 70%인 80만 명이 집중되어 있고 면적도 작아 소문에 민감했다.

더군다나 저녁 뉴스 시간에 경기 결과가 단신으로 나가는 바람에 그 여파가 더욱 커졌다고 한다.

샬럿 나이츠의 존 스미스 감독이 그동안의 고압적인 자세를 버리고 적극적으로 나선 것은 전지훈련 온 미국 팀들을 향해 미국의 자존심을 회복시켜 달라는 하와이 주민들의 열화 같은 주문이 쇄도했기 때문이다.

"감독님, 이거 신중해야 되는 거 아닙니까?"

"뭐가?"

"난데없이 한미전 분위기가 됐잖아요. 이러다가 지기라도 하면 어쩌려고 그러세요."

"지긴 왜 지냐. 그런 놈들 정도면 충분이 이길 수 있어."

"샬럿 나이츠는 작년 시즌에 트리플A 인터내셔널리그에서 준우승한 팀입니다. 만만치 않은 전력을 가지고 있어서 승부가 어떻게 될지 예측할 수 없어요."

"나도 알아. 그래서 이번 경기에 강찬이를 써먹을 생각이다."

"강찬이를 벌써 쓴단 말입니까? 노출시키지 말자고 먼저 말씀하셔 놓고 이제 와서 왜 그러세요?"

장혁태 코치가 펄쩍 뛰었다.

시즌이 시작될 때까지 강찬을 가급적 숨기는 것으로 합의해 놓고 김 감독이 엉뚱한 소리를 하자 그는 황당한 모양이었다.

그러나 김 감독은 장혁태를 바라보면서 고개를 좌우로 꺾은 후 말을 이어나갔다.

"연습 경기 계속하려면 이번 경기를 반드시 이겨야 해. 그러니까 강찬이를 쓸 수밖에 없어."

"무슨 말씀인지 잘 모르겠습니다. 쉽게 좀 말해주세요."

"하와이 주민들이 열 받은 건 상대도 안 되는 오리올스를 인정사정 봐주지 않고 박살 냈기 때문이다. 그자들은 실력도 안 되는 우리가 함부로 날뛴다고 생각하고 있는 거야."

"그래서요?"

"우린 이번 기회에 나이츠를 박살 낸다. 아마 나이츠를 박살 내면 나머지 놈들도 벌떼처럼 덤벼들 것 같다."

"누구 말입니까. 레드삭스요?"

"메츠까지!"

"설마요. 메이저리그에 있는 놈들이 미쳤다고 그런 짓을 합니까?"

"두고 봐. 그렇게 되는지 아닌지. 내 생각엔 일본 놈들도 올 것 같다는 생각이 들어."

"감독님도 참, 너무 많이 나가십니다."

사람은 너무도 어이없으면 말이 헛나온다.

언제나 격의 없이 지내면서도 감독에 대한 예의를 칼같이 지키던 장혁태 코치의 입에서 혀 차는 소리가 저절로 흘러나왔다.

어쩌면 그렇게 될 수도 있겠다는 생각도 들었지만 그럴 가능성은 그리 많지 않았다.

그러나 장혁태 코치의 반응에도 불구하고 김남구 감독은 기묘한 표정으로 웃음 짓고 있었다.

그의 시선은 장혁태를 똑바로 바라보고 있었는데 웃는 얼굴 속에서 눈이 번쩍거리며 빛났다.

"이왕 시작한 거, 이번 기회에 판을 크게 한번 벌여봤으면 좋겠어. 삼국이 조막만 한 하와이에서 한판 멋들어지게 붙어 보는 거야. 어때? 가슴 설레지 않아?"

제5장
이글스 VS 샬럿 나이츠

샬럿 나이츠와의 경기가 벌어진 것은 오리올스를 잡아낸 지 이틀 만이었다.

협상부터 경기가 벌어지기까지 12시간밖에 걸리지 않았으니 번갯불에 콩 구워 먹었다는 말이 무색할 지경이다.

샬럿 나이츠는 시카고 화이트삭스 산하 트리플A 팀으로서 작년에 인터내셔널리그에서 준우승을 차지했을 만큼 강한 전력을 지닌 팀이었다.

국내 프로 리그에서 타이거즈의 에이스로 활약하다가 미국 메이저리그 볼티모어 산하 트리플A 노포크 타이즈로 진출한 윤창민을 더 이상 재기가 불가능하도록 박살 낸 것도 바로 샬럿 나이츠였다.

물론 윤창민은 MLB로 진출한 이후 적응에 실패하면서 정상적인 컨디션이 아니었지만 국내 리그에서의 그의 활약을 감안해 봤을 때 5회 동안 11점이나 빼낸 나이츠 타자들의 배팅 능력은 막강 그 자체였다.

특히 3번 타자인 카야스포는 타점머신이라 부를 만큼 주자가 진루했을 때의 타격 능력이 뛰어났고 시즌 타율이 3할 2푼에 달해서 곧 메이저리그로 올라갈 거란 소문이 자자했는데 일단 진루를 하면 상대 수비를 뒤흔들어 놓을 정도로 발이 빨라 도루를 밥 먹듯이 하는 선수였다.

4번 타자인 데이비드도 무서운 타자다.

그의 작년 타율은 2할 6푼에 불과했지만 홈런을 35개나 쏘아 올린 강타자로 타점이 110점에 달했다.

하긴 그렇게 따지면 타선 전체가 다이너마이트 급이다.

타자 면면을 본다면 하나도 만만한 선수가 없을 정도로 타격만큼은 나무랄 데 없었다.

그나마 샬럿 나이츠의 약점을 꼽으라면 독보적인 에이스가 없다는 것이었다.

막강한 타격력을 지니고도 인터내셔널리그에서 준우승에 그친 것은 게임을 완벽하게 장악할 만한 투수가 없기 때문이었다.

그렇다고 해서 나이츠의 투수들이 무시해도 될 만큼 엉망이란 뜻은 아니다.

독보적인 에이스가 없을 뿐이지 선발투수 대부분은 어딜 가도 주전으로 뛸 수 있을 만큼 뛰어난 구질을 가지고 있었다.

특히 현재 에이스 대접을 받고 있는 곤잘레스는 최고 구속이 160㎞/h을 찍을 정도로 강속구를 뿌려대는 투수로서 작년에 10승이나 거둔 베테랑이었다.

경기 시작 3시간 30분 전 AM 08 : 30.

회의실에 남은 사람은 김 감독과 장 코치, 그리고 강찬과 임관뿐이었다.

방금 전까지 김남구 감독은 전 선수단을 회의실에 모아놓고 샬럿 나이츠전에 나갈 엔트리를 발표했다.

그냥 코치들을 통해서 알려줄 수도 있었으나 전체를 소집시킨 건 경기의 중요성을 감안해서 선수단의 분위기를 긴장시키려는 의도가 담겨 있었다.

자칫 연습 경기라는 생각에 방만한 플레이를 펼치게 되면 자존심에 큰 상처를 받을 뿐만 아니라 더 이상 실전 게임을 하지 못하게 될 가능성이 컸다.

정신교육은 기본이고 마치 시즌전을 치르는 것처럼 샬럿

나이츠에 대한 정보가 장혁태 코치를 통해 선수들에게 전달되었다.

투수들의 특징과 예상되는 선발 출전 선수들의 장단점이 일목요연하게 소개되었는데 이런 정보를 구하기 위해 최민영은 어젯밤 늦게까지 본국에 있는 구단 프런트 직원들을 달달 볶았다고 한다.

선수들이 모두 나가고 강찬과 임관만 남았을 때 장혁태 코치가 서류철을 내밀었다.

"받아라. 워낙 바쁘게 움직이다 보니 새벽에서야 간신히 받은 모양이다."

서류철에 담긴 것은 나이츠 타자들의 특성이 담긴 데이터였다.

장혁태 코치는 서류철을 넘겨주면서 찜찜한 표정을 지었다.

시합이 얼마 남지 않은 상태에서 데이터를 준 건 벼락치기라도 공부를 하란 뜻이었다.

장혁태의 표정은 찜찜했지만 그렇다고 미안해하는 얼굴은 아니었다.

"시간이 없으니까 다 외울 생각은 하지 말고 주전들만 캐치해. 그것도 어려우면 클린업만 암기해 둬."

"이거 영어로 되어 있는데요?"

서류철을 편 임관이 황당한 표정을 지으며 입맛을 다셨다.

학교 다니면서 공부와는 담을 쌓고 지냈으니 영어가 지렁이로밖에 보이지 않는 것이다.

시간도 얼마 없는 상태에서 영어로 된 정보를 준 장 코치가 예뻐 보일 리 만무했지만 임관은 예쁜 눈을 하고 어떻게 해달라는 신호를 열심히 보냈다.

그런 임관을 향해 잘한 것도 별로 없는 장 코치가 혀를 차댔다.

"영어 못하는 게 자랑이냐?"

"자랑은… 아니지요."

"강찬이 너도 못해?"

"예."

"이것들은 뭐하느라 아직까지 영어를 못 배운 거야? 환장하겠네. 내가 지금 나가서 민영 씨한테 말해놓을 테니까 가서 도움받도록 해."

"알겠습니다."

임관에게 넘어갔던 서류를 부랴부랴 뺏어 든 장혁태 코치가 바쁘게 회의실을 빠져나가자 그동안 조용히 앉아 있던 김남구 감독의 입이 슬며시 열렸다.

"저도 못하면서."

"예?"

"장 코치도 영어 못해. 나도 못하고. 그러니까 창피해할 것 없어."

"아… 예."

"앞으로 남은 훈련을 효율적으로 할 수 있느냐 없느냐가 너희한테 달렸다. 알지?"

"예."

"오늘 나이츠 놈들, 박살 한번 내보자. 강찬아, 어때? 할 수 있겠어?"

"최선을 다하겠습니다."

회의실을 나와 프런트가 쓰고 있는 방으로 올라가자 최민영이 반갑게 맞아주었다.

임관은 배가 아프다며 서류를 받으면 자기 방으로 오라고 하곤 도망갔기 때문에 강찬 혼자서 가는 수밖에 없었다.

그녀는 야구통답게 벌써 영어로 된 나이츠 주전들의 파일을 한글로 변환시켜 놓았는데 잡다한 것은 모두 빼고 반드시 기억해야 할 주요 내용만 일목요연하게 간추려 놓았다.

확실히 공부를 잘한 사람들은 서류 정리 능력이 뛰어난 모양이었다.

최민영은 준비된 서류를 받아 드는 강찬을 빤히 바라보았다.

그녀는 전지훈련 동안 개인적으로 강찬에게 연락을 하지

않았는데 보는 눈이 많기 때문인 것 같았다.

하지만 이렇게 같은 공간에서 둘만 있게 되자 눈이 흔들리는 게 느껴졌다.

"강찬 씨, 자신 있어요?"

"아뇨."

"거짓말. 장 코치님은 강찬 씨가 분명히 이길 거라고 했단 말이에요."

"코치님이 저한테 부담 주려고 작정하신 모양이군요."

"2군에 있을 때보다 구위가 몰라보게 좋아졌다고 했으니 기대할 거예요. 잘해줄 거라 믿어도 되죠?"

"아, 어쩔 수 없군요. 열심히 해서 기대에 부응해 보겠습니다."

"꼭 이겨줘요. 그러면 내가 오늘 좋은 곳에 가서 멋진 저녁 살게요."

그저 웃었다.

최민영의 말이 사실이든 아니든 자신의 승리를 빌어주는 그녀의 마음이 고마워서 웃을 수밖에 없었다.

*   *   *

경기는 오리올스와 치른 알라와이파크 구장에서 벌어졌다.

이미 소문은 날 대로 나서 관중이 주변을 채운 채 빽빽이 들어선 상태였다.

파크 구장은 공원에 설치된 야구장이기 때문에 스탠드가 없어서 관중들은 1루와 3루 측 외곽으로 빽빽하게 서서 경기가 벌어지기를 기다리고 있었다.

주전 포수가 있음에도 임관을 내세운 것은 앞으로 강찬의 시합에는 전용 배터리를 고정시켜 주겠다는 김 감독의 의중이 담겨 있는 것이었다.

몸을 풀고 임시로 마련된 더그아웃으로 돌아오자 코치들 대신 이일화가 강찬을 마중 나왔다.

"컨디션 어떠냐?"

"괜찮습니다, 선배님."

"오늘 상대 투수가 곤잘레스란다. 곧 다시 메이저리그로 올라간다고 알려진 놈이다. 패스트볼이 160㎞/h까지 나온다니까 괴물이 따로 없지. 하지만 난 내기를 걸라고 하면 너한테 걸 거다."

"그건 왜 그렇습니까?"

"그놈은 공만 빠르니까 무섭지가 않다. 그러나 너는 다르지. 훈련 기간 동안 보아온 너의 변화구는 국내 리그 최정상급이야. 나이츠의 어떤 놈도 네 공을 쉽게 쳐 내지 못할 거다. 그러니 곤잘레스는 네 상대가 안 돼. 이번 경기는 네가 이긴다."

워낙 확신에 찬 말이기 때문에 어색한 웃음조차 짓지 못했다.

시합을 치르기 전에 해준 우상의 한마디가 가슴을 벅차오르게 만들었다.

과한 칭찬이었다.

게임의 중요성을 감안해서 자신을 갖도록 만들기 위한 경험 많은 선배의 행동이라고 볼 수도 있으나 강찬은 자리에 앉으며 반드시 이기겠다는 각오를 다졌다.

누군가의 기대를 받는다는 건 압박감도 느끼지만 기쁘기도 한 것이었다.

심판진이 걸어 나와 자리를 잡자 관중들로 떠들썩하던 경기장이 조금씩 조용해지기 시작했다.

누구의 홈도 아니었기에 동전 던지기로 공수를 정했는데 이글스가 이기면서 선공으로 정해졌다.

예상대로 샬럿 나이츠는 작년 우승 멤버들이 총출동했다.

투수는 이일화의 말대로 곤잘레스였고 주력 타자들도 한 명만 바뀌고 모두 나왔다.

이건 연습 경기가 아니라 시즌 중에서도 반드시 이겨야 되는 경기에서나 볼 수 있는 출전 명단이었다.

자국 국민의 열화와 같은 요청으로 이루어진 경기이기 때문에 나이츠의 감독은 많은 부담을 가지고 있는 게 분명했다.

하긴 반드시 이기겠다는 생각을 가진 건 이글스도 마찬가지였다.

이번 경기에서 지게 되면 다시는 하와이에서 연습 게임을 할 수 없을지도 모르기 때문에 주전이 모두 나섰다.

나이츠의 선발투수 곤잘레스는 191cm의 키에 몸무게가 100kg에 육박하는 체격을 지녔는데 연습 투구를 하는데도 공이 묵직하게 들어오는 게 느껴질 정도였다.

심판의 플레이볼 선언과 함께 이글스의 선두 타자로 나선 것은 이문승이었다.

우익수를 맡고 있는 그는 2년 전 월드베이스볼에서 국가대표 1번 타자를 맡을 정도로 타고난 타격 센스를 가졌고 빠른 발을 지닌 선수였다.

세 번의 골든글러브 수상 경력이 있을 만큼 국내 리그의 활약도 뛰어났는데 재작년에 FA 자격으로 막대한 계약금을 받고 이글스에 입단했다.

이문승의 특기는 배트를 최대한 짧게 잡고 정확하게 공을 맞추는 능력이 탁월하다는 것이다.

곤잘레스는 초구부터 패스트볼을 한복판에 뿌렸다.

칠 테면 쳐 보라는 배짱 투구였다.

아직 몸이 완전하게 풀리지 않았는데도 그의 속구는 150km/h를 가볍게 넘겼기 때문에 눈에 들어온 순간 이미 공은 미트에 박혔다.

초구를 그대로 보낸 이문승은 타석에서 물러나 배트를 두 번 휘두르고 타석으로 들어섰다.

놈이 배짱 투구를 한다면 그에 맞춰줄 생각이다.

체격은 그리 크지 않지만 그의 배짱은 야구 판에서 알아줄 정도로 정평이 나 있었다.

곤잘레스가 선발로 나온다는 것을 안 순간부터 장혁태 코치는 타자들을 불러 모은 후 구질을 설명해 주었다.

엄청 빠른 직구를 가진 반면 제구력이 부족하고 변화구의 낙차가 미세하게 밋밋하며 가끔가다 실투가 들어온다는 것이었다.

장혁태는 별것 아닌 것처럼 쉽게 말했지만 막상 타석에 들어오자 눈알이 팽팽 돌아갈 정도로 빠른 공을 구사하는 놈이었다.

변화구에 취약점이 있다 해도 이 정도의 패스트볼을 가졌다면 쉽게 때려내기 어려울 것 같았다.

하지만 주눅이 들거나 하지는 않았다.

놈의 장기가 패스트볼이라면 직구를 노릴 생각이다.

아무리 빨라도 자신의 배팅감이라면 충분히 맞출 자신이 있었다.

예상대로 곤잘레스는 바깥쪽에 꽉 찬 직구를 던졌기 때문에 이문승은 허리를 받친 상태에서 정확하게 배트를 갖다 댔다.

이 정도의 속구라면 굳이 풀스윙을 하지 않아도 잘 맞으면 홈런까지 연결된다.

그러나 공은 배트의 중심에 맞지 않고 끝에 걸리고 말았다.

워낙 외곽을 찌른 공이었기 때문에 배트가 조금 밀린 모양이었다.

공은 포물선을 그리고 날아갔으나 결국 좌익수에게 잡히고 말았다.

아쉬웠지만 더그아웃으로 돌아가는 걸음이 무겁지는 않았다.

굉장한 속구를 던진다고 해서 걱정했는데 이 정도면 해볼 만하다고 느꼈기 때문이다.

그러한 느낌은 이문승만이 아니라는 게 2, 3번 타자의 공격에서 충분히 나타났다.

2번 타자 채수만은 곤잘레스의 변화구를 잘 받아쳤으나 유격수 땅볼로 물러났고, 3번 타자인 홍재범은 삼진을 당했지만 파울을 세 개나 쳐 냈다.

강찬은 심호흡을 크게 한 후 천천히 더그아웃을 빠져나와 마운드로 향했다.

선배 선수들이 잘하라며 파이팅을 외쳐 줬기 때문에 강찬은 나오기 전 정중하게 그들을 향해 인사를 했다.

처음에는 소 닭 보듯 하던 선배들은 한 달 동안 몸을 부딪치며 훈련을 하고 나자 강찬을 마치 친동생처럼 대해주었다.

물론 그 이면에는 언제나 공손하고 예의 바른 강찬의 행동이 있었기 때문이지만 더 중요한 이유는 그들이 강찬의 실력을 마음으로 인정했다는 것이다.

다섯 개의 연습 투구를 마치자 심판의 손이 올라가며 나이츠의 1번 타자가 들어왔다.

이름이 마크영이라고 했던가.

어느 팀이든 마찬가지겠지만 1번 타자의 날렵한 몸매를 보니 빠른 발을 가진 것으로 보였다. 장혁태 코치가 전해준 데이터에 의하면 타격 센스가 뛰어나지만 몸 쪽 공에 약하다는 단점을 가진 선수였다.

강찬은 연습 투구를 거의 20개 정도 던진 상태에서 올라왔기 때문에 겨드랑이에서 땀이 촉촉하게 배어 나왔다. 거의 3개월이 넘도록 실전에 투입된 적이 없었지만 꾸준히 공을 던져 왔기 때문에 전혀 어색하지 않았다.

5백 명이 넘는 관중이 연습 투구를 할 때부터 야유를 던지고 있었으나 전혀 마음속에 두지 않았다.

왼발을 가슴으로 바짝 끌어 올린 후 균형을 오른발 쪽으로 최대한 이동시켰다가 포수의 미트를 향해 체중을 던지며 뒤로 물러난 팔을 앞으로 내밀었다.

공이 떠나는 알싸한 느낌.

강찬의 손끝을 떠난 공이 타자의 몸 쪽을 향해 빠르게 날아가다가 폭포수처럼 떨어지며 외곽으로 흘러나갔다.

파앙!

마크영은 투수가 실투를 한 줄 알고 급히 뒤로 물러섰다가 공이 포수의 오른쪽 하단 스트라이크존에 박히는 걸 보고는 몸을 경직시킨 채 움직이지 못했다.

그는 마치 요술을 본 것처럼 믿기지 않는다는 눈을 하고 있었는데 정신이 나갔는지 뭐라 알아듣지 못할 말을 중얼거렸다.

강찬은 마크영의 반응을 보면서 피식 웃었다.

나름 첫 공을 던지면서 긴장했는데 타자의 반응을 보게 되자 슬쩍 자신감이 생겨났다.

자신에 대해 전혀 분석하지 않고 올라온 것이 분명했다.

이글스는 상대의 선발투수인 곤잘레스에 대해서 나름 대처 방안을 세우고 나왔지만 샬럿 나이츠는 자신의 이름조차 처음 들어봤을 것이다.

하기야 알 수 있는 방법도 없다.

1년 전 2군에 신고 선수로 들어온 강찬에 대해서 그 짧은 기간 내에 알아낸다는 건 불가능에 가까운 일이다.

역시 마누라답다.

임관은 귀신같이 자신의 생각을 읽고 바깥쪽으로 완전히 빠져나가는 공을 요구했다.

혼을 빼놓았으니 완전히 병신을 만들어 정신을 차리지 못하게 만들자는 생각이었다.

어차피 주자도 없기 때문에 뒤로 빠져도 부담이 없었다.

아직 어깨가 완전하게 풀리지 않아 약간의 근육 제동이 생겼지만 강찬은 긴장한 얼굴로 자신을 바라보는 타자를 향해 여유 있게 공을 던졌다.

쏴악, 츄츄츅!

초구와는 다르게 이번에는 한복판을 관통하듯 날아갔다.

구속은 128㎞/h였기 때문에 눈에 확연히 들어왔으나 치기 좋게 날아오던 공은 언제 그랬냐는 듯 홈 플레이트에서 급격하게 방향을 틀며 바깥쪽을 향해 완전하게 흘러나갔다.

임팩트 순간을 정하고 허리를 받친 후 타격 자세를 취하던 마크영의 엉덩이가 공을 향해 딸려 나오며 배트가 허공을 갈랐다.

공과는 거의 30㎝나 차이가 나는 어이없는 배팅이었다.

타자의 혼이 하늘 저편 어딘가로 날아가는 게 한눈에 보였다.

그랬기에 강찬은 마지막 공을 데이터에 있는 대로 타자의

어깨선까지 올라갔다가 무릎 쪽으로 급격하게 떨어지는 변화
구로 던졌다.

예상대로 배트조차 따라 나오지 못했다.

놈은 2구에서 완벽한 볼에 당한 것을 잊지 못한 채 자신에
게 가장 약한 구질이 들어오자 꼼짝도 못하고 스탠딩 삼진을
당하고 말았다.

질겅거리며 껌을 씹던 존 스미스 감독의 인상이 삼구 삼진
을 당하고 들어오는 마크영을 바라보며 심하게 구겨졌다.

오리올스가 박살이 난 후 복수를 해달라는 하와이 주민들
의 열화와 같은 전화에 캠프가 하루 종일 몸살을 앓았다.

처음에는 별걸 다 가지고 전화를 한다며 콧방귀를 뀌었으
나 한두 명이 아니라 수십 명이 전화를 해오자 슬그머니 생각
이 달라졌다.

프로 구단은 팬들의 성원을 받아야 근간을 유지할 수 있다.

샬럿 나이츠가 비록 트리플A 팀이지만 그런 사실은 변하지
않았다.

그렇기 때문에 하와이 주민의 여론이 꽤 안 좋아졌다는 걸
알게 된 순간 빠르게 결심했다.

어차피 할 거라면 다른 팀보다 먼저 하는 것이 훌륭한 선택
이었다.

연습 게임 한 번으로 샬럿 나이츠를 120만에 달하는 하와

이 주민들의 머릿속에 한동안 멋진 팀으로 각인시킬 수만 있다면 남아도 한참 남는 장사였다.

그렇지 않아도 연습 게임을 해달라는 이글스의 요청을 뻗대며 버티고 있는 중이었기 때문에 마음만 바꾼다면 언제든 게임을 잡을 수 있었다.

이글스가 전지훈련을 온다는 사실은 본토에 있을 때부터 알고 있던 정보다.

하지만 그들과의 연습 게임은 전혀 고려하지 않고 있었다.

대한민국이란 작은 나라에서도 세 시즌이나 최하위를 면하지 못하고 있는 팀과 연습 게임을 한다는 것 자체가 자존심 상하는 일이라 생각했다.

훈련 마무리를 앞둔 일주일 동안 마무리를 짓는 의미에서 같은 수준인 트리플A 팀인 레드삭스나 일본 팀들과 몇 게임 해볼 계획이었다.

그들도 훈련을 종료하기 위해서는 연습 게임이 필요하기 때문에 언제든 가능한 일이었다.

그런데 일이 이상하게 틀어지더니 기어코 원하지 않은 일에 말려들고 말았다.

루키리그 팀을 이글스가 박살 냈다는 소릴 듣고 자신도 모르게 실소가 흘러나왔다.

점수 차 때문이 아니었다.

아무리 연습 상대가 없기로서니 체면이 있지 어떻게 루키 리그 팀과 시합을 할 수 있단 말인가.

정말 황당하기 그지없는 일이었다.

어쩔 수 없이 이글스와의 시합에 임하게 되었지만 별 걱정은 하지 않았다.

반드시 이겨야 한다는 부담이 마음 한편에 자리하고 있었으나 진다는 생각을 가져 보지 않았으니 마음이 무겁지 않았다.

더군다나 상대의 엔트리를 확인한 후 더욱 마음이 가벼워졌다.

놈들은 정말로 단순하게 연습 경기로 생각하고 선발투수를 내세운 것 같았다.

이글스가 3년 연속 꼴찌 팀이지만 몇몇 투수들은 꽤 잘 던진다는 걸 알고 있었다.

특히 오리올스를 박살 낸 이태진이나 송우진은 데이터상으로도 수준급의 구위를 가지고 있는 선발투수였다.

그러나 연습 경기 선발로 나오는 이강찬은 아무런 데이터가 없었고 겨우 알아낸 것도 그가 이번에 1군으로 올라온 신진이라는 것뿐이다.

놈들은 현재 악화되고 있는 여론의 흐름을 전혀 알지 못하는 모양이라고 생각했다.

존 스미스 감독은 마이너리그를 통해 프로야구에 데뷔해서 메이저리그 신시내티 레즈의 에이스로 활약하며 7시즌 동안 무려 63승을 거둔 인물이었다.

그의 특기는 패스트볼이 아니라 커브와 포크볼이었는데 자로 잰 듯한 제구력이 일품이었다.

그가 강찬의 공을 보면서 입을 떡 벌린 건 초구를 보고 난 후였다.

지금까지 수많은 투수의 투구를 봤지만 지금 마운드에 서 있는 코리안처럼 완벽한 슬라이더를 던지는 선수는 몇 명 되지 않았다.

그의 50년 야구 인생 동안 말이다.

하지만 그것은 시작에 불과했다.

타자를 꼼짝 못하게 만드는 유인구를 보면서 몸이 움찔거리는 걸 느꼈다.

치지 않겠다고 작정하지 않는 이상 딸려 나갈 수밖에 없는 완벽한 유인구였다.

마크영의 눈이 부실하다고 욕할 일이 아니었다.

전혀 아무런 데이터가 없는 상태에서 말도 안 되는 초구를 당했으니 오히려 2구의 유인구에 배트가 따라 나가지 않는 것이 이상할 정도이다.

마지막 커브에 꼼짝 못하고 마크영이 삼진당했을 때는 헛

웃음마저 나왔다.

놈은 마크영의 약점이 어딘지 정확하게 알고 있는 것이 분명했다.

하지만 이렇게 놀라고 있을 수만은 없었다.

오늘 경기는 팀의 명예가 달렸을 뿐만 아니라 하와이 주민들의 염원이 담겨 있는 경기였다.

어떻게든 이겨야 되는 경기란 뜻이다.

그랬기에 존 스미스 감독은 옆에 있는 테일러 코치를 향해 심각하게 입을 열었다.

테일러는 그와 같은 세대의 인물은 아니지만 디트로이트에서 수준급의 타자로 활약한 사람이다.

타석에는 2번 타자가 들어서 있고, 강찬은 완벽하게 제구된 외곽 커브로 스트라이크를 잡아내는 중이었다.

"테일러, 기가 막히지 않아?"

"대단한 변화구를 가지고 있군요. 거의 완벽합니다."

"저 정도면 메이저리그에서도 통할 것 같지?"

"글쎄요. 더 두고 봐야 되겠는데요. 저놈이 가진 게 저것이 다라면 크게 걱정하지 않아도 될 것 같습니다."

"왜?"

"지금까지 한 번도 직구를 던지지 않았습니다. 공 여섯 개가 전부 변화구였단 말입니다. 더 두고 봐야 알겠지만 저 친구가 계속해서 변화구만 던진다면 곧 우리 타자들이 적응할 겁니다."

"말이 씨가 되었군."

테일러 코치의 말이 끝나자마자 타자의 몸 쪽으로 묵직한 직구가 박히는 걸 보면서 존 스미스 감독은 팔짱을 끼었다.

직구 구속 146㎞/h이었지만 워낙 코스가 좋아서 타자는 배트를 휘두르지 못했다.

볼카운트 2스트라이크 2볼.

그러나 기세가 투수 쪽으로 기울어져 있었다.

배트를 붕붕 돌리는 타자의 얼굴은 긴장감으로 덮여 있었는데 반드시 때려낼 수 있다는 자신감과는 거리가 먼 것이었다.

그리고 그것은 곧 현실로 나타났다.

인코스의 무릎을 완벽하게 파고든 직구에 이어 이번에는 똑같은 코스로 제구된 체인지업이 파고들었다.

타이밍을 놓쳤으니 제대로 된 타격이 가능할 리 만무하다.

그나마 허리가 빠진 상태에서 억지로라도 공을 맞춘 것은 그의 타격 센스가 속도의 차를 따라갈 만큼 뛰어났기 때문이다.

존 스미스 감독의 입이 다시 열린 것은 2번 타자마저 유격수 앞 땅볼로 아웃된 후 더그아웃 쪽으로 들어올 때였다.

"직구도 있고 체인지업도 던지는군. 환장하겠네."

이글스가 이번 경기를 단순한 연습 게임으로 생각하고 있을 거란 판단은 순식간에 서쪽 하늘로 날아가 버렸다.

만약 마운드에 서서 여유 있게 타자가 들어오기를 기다리는 놈의 구위가 이대로 계속된다면 3년 연속 최하위를 기록한 이글스의 에이스라고 봐도 틀리지 않을 것이다.

단박에 이강찬이 이글스가 숨겨놓은 비밀 병기란 생각이 들었다.

놈들은 자신들이 연습 경기에 응한 이유를 정확하게 알고 있는 것이다.

그렇지 않았다면 저런 투수를 선발로 내놨을 리 만무했다.

이강찬의 구질은 변화구에 이어 수준급의 직구와 체인지업까지 지녔으니 이번 경기가 쉽지 않을 거란 생각이 퍼뜩 들었다.

하지만 테일러는 여전히 낙관적인 생각을 버리지 않았다.

"그래도 다행이군요. 직구의 구속이 낮습니다."

"낮은 반면 코너워크가 좋잖아."

"변화구가 좋은 건 인정합니다. 직구도 저 정도면 괜찮고요. 하지만 저게 다라면 저 친구는 우리 타자들을 이겨내지 못할 겁니다."

"왜 그렇게 생각하지?"

"패스트볼이 받쳐 주지 못하는 변화구는 오래가지 못하기 때문입니다. 이닝이 진행될수록 놈의 공은 위력이 떨어질 것입니다."

"그럴 수도 있겠군."

"더군다나 루키 아닙니까. 안타를 맞기 시작하면 급격하게 흔들릴 가능성이 큽니다. 이번 타석이 마침 카야스포니까 지켜보시죠."

테일러의 말에 존 스미스 감독은 고개를 끄덕거렸다.

타석을 향해 걸어가는 카야스포의 뒷모습을 보자 테일러의 말이 맞을지도 모른다는 생각이 강하게 들었다.

날카롭게 배트를 휘두르는 카야스포는 투수들의 천적으로 불릴 만큼 뛰어난 타자였다.

카야스포가 타석에 서자 꽉 차는 느낌이 들었다.

그의 몸에서는 마치 절정의 검객이 적을 베기 위해 검을 치켜드는 것과 같은 기세가 흘러나오고 있었다.

더군다나 몸을 최대한 앞으로 붙여놓은 채 배팅 준비를 했기 때문에 강찬의 인상이 슬쩍 찡그려졌다가 펴졌다.

무슨 의도인지 금방 알 수 있었다.

이전 두 명의 타자를 상대하면서 커브와 슬라이더가 위력적으로 꽂히자 카야스포는 몸을 최대한 타석 끝 쪽으로 붙여서 변화구의 위력을 반감시킬 생각을 가지고 있는 게 분명했다.

탁월한 선택이라고도 볼 수 있었다.

자칫 타자를 맞출 수도 있기 때문에 저 정도로 바짝 붙는다면 실질적으로 몸 쪽 코스는 거의 포기해야 할 정도이다.

그럼에도 강찬은 씨익 웃은 후 놈을 바라봤다.

저런 방법은 제구력이 부족한 투수들에게 통하는 것이지 자신에게는 통하지 않았다.

더군다나 바짝 붙었기 때문에 몸 쪽으로 완벽하게 제구가 된 공이 들어간다면 불리해지는 건 오히려 타자가 된다.

와인드업에 이은 유연하고도 강력한 모션이 지나가고 강찬의 손을 떠난 공이 바짝 붙어 있는 카야스포의 몸 쪽을 향해 날아가자 뒤쪽에서 구경하던 관중들의 입에서 비명 소리가 들렸다.

워낙 빠르게 타자를 향해 근접해서 날아갔기 때문에 맞을지도 모른다는 불안감이 든 모양이다.

그냥 몸 쪽이 아니라 카야스포의 무릎 높이로 파고든 완벽한 인코스 직구였다.

조금만 다리를 내밀면 맞을 수밖에 없을 정도로 완벽하게 제구된 직구였기에 본능적으로 카야스포가 무릎을 뒤로 빼며 물러섰다.

뒤로 물러선 카야스포의 얼굴에 어색한 웃음이 떠올랐다.

어깨를 으쓱하면서 강찬을 향해 손가락을 흔드는 그의 얼굴에는 제법이라는 표정이 담겨 있다.

그러나 그의 표정은 금방 지워졌고 처음과는 다르게 정상적인 포지션을 유지한 채 배트를 치켜들었다.

순식간에 가면을 쓴 것처럼 냉막하게 변해 버린 얼굴로 그는 강찬을 바라보았다.

배트를 치켜든 채 강찬을 노려보는 그의 눈은 먹잇감을 노리는 맹수의 눈과 비슷했다.

"꿀꺽!"

강찬과 카야스포의 대결을 지켜보던 김남구 감독의 입에서 침 넘어가는 소리가 크게 들렸다.

카야스포는 자신도 잘 아는 타자였다.

비록 지금은 트리플A에 묶여 있지만 1년 이내에 메이저리그로 올라갈 것이 확실시되는 20인의 신예 중 하나로서 샬럿 나이츠의 타격을 실질적으로 이끄는 리딩 히터다.

최민영이 그 짧은 순간에 샬럿 나이츠 타자들에 대해서 분석할 수 있던 것도 그동안 트리플A에 소속되어 있는 선수들을 황인호와 김남구가 끊임없이 주시해 왔기 때문이다.

현재 KBO에서는 팀당 세 명의 외국인 용병을 둘 수 있도록 규정하고 있기 때문에 현재 이글스에도 두 명의 외국인 선수가 등록되어 있다.

한 명은 메이저리그에서 투수로 활약하던 니퍼슨이고 다른 한 명은 멕시코 출신으로 캔자스시티 산하 트리플A 오마하 로열스에서 타자로 활약하던 가르시아였다.

적은 금액으로 괜찮은 선수를 데려와야 하는 고충 때문에 김 감독과 황인호는 트리플A에서 활약하는 선수들의 데이터를 샅샅이 훑었고 미국을 직접 방문해서 관찰하기도 했다.

그런 노력으로 백만 달러도 채 되지 않는 금액으로 니퍼슨과 가르시아와의 계약에 성공할 수 있었다.

물론 국내 선수들에 비하면 적은 금액이 아니다.

외국 용병들은 단년도 계약을 하기 때문에 그 정도라면 꽤 큰 금액이라고 볼 수 있다.

단순 비교하기는 어렵겠지만 장기 계약을 하게 되면 니퍼슨이나 가르시아는 거의 오백만 달러 이상을 지불해야 데려올 수 있다는 결론이 나올 정도로 용병들의 몸값은 비쌌다.

김남구 감독이 카야스포에 대해서 상세하게 알고 있는 이유는 친분이 있는 관계자에게 슬쩍 물어본 적이 있기 때문이다.

카야스포는 시카고 컵스가 차세대 주전으로 육성하는 선수였고, 이제 그 시기가 다가와 메이저리그로 올라가려는 순간이었으니 스카우트 자체가 불가능했지만 그래도 너무 궁금해서 몸값에 대해 물어볼 수밖에 없었다. 계속되는 질문에 나이츠의 관계자는 그저 웃기만 하다가 어쩔 수 없이 대답해 줬다.

일단 이적은 지금으로써 말도 안 되는 이야기지만 만약 구단이 허락해서 이적을 한다 해도 최소 5년 계약에 이천만 달러 이상은 줘야 할 거란 이야기가 튀어나왔다.

씨발, 장난하나.

이천만 달러라면 계약을 하는 데 드는 비용이 이백사십억이란 얘기다.

그것도 계약금만 그렇다는 얘기고 연봉까지 합산하면 오천만 달러는 줘야 한다는 소리다.

하도 어이가 없어 하품이 나왔다.

하지만 나이츠의 관계자는 그런 김남구를 향해 씨익 웃으며 나중에 두고 보라는 말을 남겼다.

그만큼 그는 카야스포의 무한한 잠재력에 많은 점수를 주고 있었다.

"저 새끼가!"

카야스포가 강찬의 변화구를 위축시키기 위해 타석에 바짝 붙으며 들어오자 김 감독의 입에서 욕이 튀어나왔다.

옛날 자신이 투수로 활약할 때 가장 상대하기 까다로운 놈이 저런 놈들이었다.

저 죽을지 모르고 일단 쳐 내고 말겠다며 덤비는 놈들에게는 투수들도 기가 질릴 수밖에 없었다.

아무리 컨트롤이 좋은 투수라도 몸 쪽으로 던졌다가 빠질 수 있다는 생각을 하기 때문인데 자칫 잘못하면 타자들을 병신으로 만들게 된다는 사실이 심리적으로 위축되게 만들었다.

그것이 타자가 노리는 것이었다.

몸 쪽을 던지지 못하게 만들고 외곽으로 들어오는 공을 받아친다는 전략.

베테랑이 아닌 이상 알면서도 당하는 지랄 같은 경우였다.

더군다나 강찬은 경험이 거의 없기 때문에 당할 가능성이 훨씬 커서 마음을 졸이게 만들었다.

그것은 옆에 있는 장혁태도 마찬가지였는데 아무런 말도 하지 않은 채 긴장된 눈으로 강찬의 투구를 바라보고 있었다.

여기서는 어떤 말도 도움이 되지 않다는 걸 너무나 잘 알기에 그는 묵묵히 결과를 기다리는 것 같았다.

'억!'

강찬의 투구를 지켜보던 김남구와 장혁태의 입에서 동시에 비명 소리와 같은 탄성이 터져 나왔다.

전혀 생각지도 못한 결과.

단숨에 카야스포의 의도를 격파하고 뒤로 물러서게 만든

강찬의 투구는 그들의 얼굴에서 웃음이 피어나게 만들었다.

"저, 저, 저……."

"끝내주네요."

"역시 물건이지?"

"그럼요. 완벽하게 카야스포의 의도를 분쇄해 버렸습니다. 대단합니다."

"저런 걸 어떻게 알았을까?"

"배짱이 보통 아닌 놈입니다. 더군다나 임관이하고 호흡이 잘 맞아요."

단지 공 하나에 대한 칭찬이 아니었다.

두 사람은 이런 상황에서 투수가 몸 쪽 공을 던질 수 있다는 게 얼마나 어려운 일인지 너무나 잘 알기에 탄성을 터뜨린 것이다.

그러나 카야스포가 타석에 들어서며 정상적인 포지션을 점유한 채 강찬을 향해 배트를 흔들자 탄성에 젖어 있던 김남구 감독의 표정이 다시 굳어졌다.

"뒤로 물러선 걸 보니 제대로 된 승부를 할 생각인 것 같군."

"긴장되는데요."

"내기하자. 저녁에 맥주 사기."

"감독님은 이 마당에 그런 소리가 나옵니까?"

"나도 떨려서 그래. 긴장되니까 자꾸 침이 말라. 시즌 경기도 아닌데 벌써 이 모양이니 감독 짓도 못해먹겠다."

김남구 감독이 입을 다시며 와인드업을 하고 공을 뿌리는 강찬의 투구에 시선을 고정시킨 채 중얼거렸다.

강찬이 던진 공은 눈 깜짝할 사이에 포수의 미트로 틀어박히고 있었다.

또다시 직구였다.

바깥쪽 인코스 하단을 찔렀는데 워낙 모서리에 박혔기 때문에 심판은 한참을 망설이다가 손을 올리지 않았다.

그 모습에 김남구 감독이 자리에서 벌떡 일어났다.

"저 새끼, 미국인이라고 펀드는 거야, 뭐야? 눈이 삐었냐고! 저걸 스트라이크 안 잡아주면 어쩌라는 거야!"

"나가지 마세요. 연습 경깁니다."

한 발자국 앞으로 나서는 김 감독의 허리를 장혁태 코치가 불끈 잡은 채 가로막았다.

작년 퓨처스리그 130게임을 하면서 김남구 감독이 심판에게 직접 어필한 적은 한 번도 없었다.

그만큼 신중하고 상황에 대해서 쉽게 열 받지 않는 사람인데 고작 연습 경기에서 흥분하고 있으니 말리는 장혁태가 놀란 눈을 했다.

김 감독이 잡아온 장혁태 코치의 손을 떼면서 눈을 부라린 건 심판이 이쪽으로 고개를 돌릴 때였다.

"이게 그냥 연습 경기냐? 국제전이잖아!"

"감독님, 가만 계세요. 심판이 봅니다."

"에잇! 저 새끼, 뭘 잘했다고 나를 쳐다보는 거야? 가서 엉덩이를 차버릴까 보다!"

허리춤에 올려놓은 손을 풀며 김남구 감독이 자리에 슬그머니 다시 앉았다.

말은 그렇게 했지만 정말 어필할 게 아니라면 심판의 신경을 건드릴 필요가 없기 때문이다.

상황이 정리되자 강찬이 로진백을 들면서 임관을 바라보는 게 보였다.

자세하게 보이지는 않았으나 사인이 안 맞았는지 고개가 여러 번 좌우로 흔들렸다.

두 개의 공이 모두 직구였으니 커브나 슬라이더일 가능성이 컸다.

"인코스 하단으로 갈 것 같은데요."

"괜찮을까?"

"바깥쪽 낮은 직구에 저놈도 당황했을 겁니다. 그러니까 인코스 하단으로 뚝 떨어지는 걸 던지면 배트가 따라 나올 가능성이 큽니다."

"안 치면 볼카운트가 불리해질 텐데?"

"그렇긴 하지만 2아웃에 주자도 없습니다. 최대한 코너워크로 승부해야 합니다."

"던진다. 어떤 결정을 내렸나 보자."

오래 주고받은 사인과는 다르게 투구는 순식간에 이루어졌다.

야구 보는 눈이 누구보다 뛰어나다는 장혁태의 판단은 맞지 않았다.

강찬이 선택한 곳은 변화구가 아니라 직구였으며 바깥쪽 허리 높이로 들어온 높은 공이었다.

심판이 펄쩍 뛰어오르며 스트라이크를 선언하자 카야스포가 심판을 힐끔 쳐다보더니 타석에서 벗어났다.

그의 행동으로 봤을 때 전혀 예상하지 못한 구질과 코너워크인 것이 분명했다.

2스트라이크 1볼.

타자에게 불리한 볼카운트를 만들어놓은 후 강찬은 지그시 카야스포를 노려봤다.

세 개의 공을 모두 직구로 던졌으니 그는 지금 엄청난 혼란에 빠져 있을 것이다.

어떤 공이 와도 스트라이크존으로 들어오면 무조건 타격해야 하기 때문에 카야스포는 최대한 배트를 짧게 잡고 있었다.

속도를 이겨내기 위해서는 배팅 속도를 최대한으로 올려야 하기 때문이다.

강찬은 임관의 사인을 확인한 후 고개를 끄덕였다.

임관이 원한 것은 장혁태 코치가 3구 때 예상한, 타자 몸쪽에서 급격하게 떨어지는 커브였다.

로진백을 들어 손에 남은 물기를 완전히 제거하고 글러브 속에서 공의 실밥을 천천히 틀어쥐었다.

최대한 웅크린 상태에서 노려보고 있는 카야스포의 눈이 처음과는 다르게 흔들리는 것처럼 느껴졌다.

사람은 평정심을 잃게 되면 호흡이 불규칙하게 변하는 법이다.

그가 샬럿 나이츠를 상징하는 타자라고 해도 사람인 이상 속도의 차를 완벽하게 극복하기는 어렵다.

더군다나 예상을 깨고 상식도 깨버린 투구를 했기 때문에 그는 어떤 공이 들어올지 전혀 예측할 수 없는 상태에서 4구를 맞아들이게 될 터였다.

강찬의 투구 폼은 어떤 구질을 던져도 일정했다.

아니다. 직구와 변화구를 던질 때 분명히 차이는 있겠지만 타자가 눈치채지 못할 만큼 그 차이가 미세했다.

강력한 킥킹에 이은 백스윙, 그리고 중심 이동에 이은 릴리스와 팔로우.

투수가 공을 던지기 위해 해야 할 다섯 가지 동작이 그림처럼 이어지며 강찬의 손끝에서 공이 떠났다.

방금 던진 직구와는 23㎞/h의 속도 차가 있는 공이 타자의 가슴까지 떠올랐다가 홈 플레이트에서 폭포처럼 떨어지며 무릎 쪽으로 파고들었다.

강찬이 정해놓은 인코스 중 가장 하단부를 관통한, 완벽하게 제구된 커브였다.

어떤 구질의 공을 공략할 것인지 정해놓지 못한 타자는 자연스럽게 직구 타이밍에 배트의 스윙 속도를 맞춰놓는다.

직구 스피드에 맞춰놓으면 변화구에도 타격이 가능하지만 변화구에 맞춰놓았을 경우에 직구가 들어오면 배트조차 휘두르지 못하고 당하기 때문이다.

하지만 직구 스피드에 맞춰놓았다고 해서 효율적인 타격이 가능한 것은 아니었다.

속도를 맞추지 못하면 균형을 잃어버려 제대로 된 스윙을 할 수 없기 때문에 아무리 뛰어난 타자라도 공을 맞추는 데 급급하게 마련이다.

그러나 카야스포는 공조차 맞추지 못했다.

인코스에서 가슴까지 올라왔다가 홈 플레이트 근처에서 떨어져 내리는 커브의 각도가 거의 직각으로 떨어지는 것처럼 느껴질 정도였다.

구질과 코스를 미리 알고 있어도 치기 어려울 정도로 무서운 커브였으니 헛스윙을 한 카야스포는 타석에서 벗어나지 못하고 한동안 강찬을 향해 어이없다는 표정을 짓고 있었다.

3회까지 0 : 0으로 팽팽하게 맞서던 양 팀의 균형을 깨뜨리며 곤잘레스를 무너뜨린 건 이글스의 4번 타자 윤태균이었다.

4회 초 1아웃 1루 상태에서 타석에 나온 윤태균은 곤잘레스가 던진 3구째 한복판 직구를 그대로 받아쳐서 2점 홈런을 만들어냈다.

그때부터 이글스의 타자들은 방방 날아다니며 곤잘레스를 두들기기 시작했다.

곤잘레스가 트리플A에서 나름대로 뛰어난 성적을 얻고 있었지만 이글스에는 국가대표 3인방을 비롯해서 수준급의 타자들이 즐비했다.

다시 말하지만 이글스가 연속으로 꼴찌를 면하지 못한 것은 투수가 약해서였지 타자 때문이 아니었다.

윤태균에게 불의의 일격을 받은 곤잘레스는 포볼을 양산하며 자멸했는데 결국 4회를 버티지 못하고 5점을 실점한 채 강판당하고 말았다.

강찬은 마운드에 오르며 어깨를 좌우로 흔들었다.

1회 초는 완벽하게 막았으나 2회와 3회에 각각 안타를 하나씩 맞았다.

4번 타자인 데이비드에게는 정교하게 제구된 슬라이더를 얻어맞았는데 비껴 맞은 공이 2루수 옆으로 빠져나갔다.

얼마나 힘이 좋은지 빗맞았는데도 공의 스피드가 죽지 않았기 때문에 수비의 달인이라는 2루수 정성화가 다이빙을 하고도 막지 못했다.

3회에 얻어맞은 것은 순전한 실투였다.

2아웃 상태에서 1번 타자와 승부할 때 직구를 던진 것이 손가락에서 빠지며 정면으로 들어가 좌중간을 빠지는 2루타를 허용했다.

그럼에도 후속 타자를 효율적으로 잡아내며 점수를 허용하지 않은 것은 3회 들어오면서 근육의 제동이 풀리며 직구의 구속이 살아났기 때문이다.

마지막 2번 타자를 잡으면서 찍힌 직구의 구속은 149km/h였다.

4회에 들어와서 연습 투구를 하자 어깨의 근육이 완전하게 풀리며 공 끝이 떠오르기 시작했다.

구속이 150km/h가 넘으면 구사되는 라이징 패스트볼이 되살아나고 있는 것이다.

강찬의 얼굴에 찬란한 햇살처럼 밝은 미소가 담겼다.

어깨가 풀린 이상 그 누구도 무섭지 않았다.

샬럿 나이츠의 4회 초 공격은 카야스포부터 시작되는 클린업트리오였다.

첫 타석을 삼진으로 당했기 때문인지 카야스포의 얼굴은 잔뜩 굳어 있었다.

그러나 자신감을 잃은 얼굴은 아니었다.

워낙 많은 투수를 상대해 봤기 때문에 강찬이 3회 동안 던지는 구질을 관찰하면서 파훼법을 찾아냈기 때문이다.

그가 찾아낸 건 바로 직구를 공략하는 것이었다.

물론 쉬운 일은 아니었다.

놈의 직구는 워낙 정교한 컨트롤이 동반되기 때문에 어느 코스로 들어올지 예측하기 어려웠다.

그럼에도 수많은 변수를 지닌 채 들어오는 변화구보다는 훨씬 공략하기가 쉬웠다.

어떤 코스로 들어와도 직구의 구속이 150㎞/h에도 못 미친다면 자신의 배트 스피드로 충분히 공략이 가능했다.

첫 타석에서 계속 직구를 던져 볼카운트를 유리하게 해놓고 마지막에 가서 커브로 유인한 것은 자신에 대해서 이강찬이 잘 파악하고 있다는 뜻이었다.

자신은 작년 시즌 변화구를 안타로 만들어낸 타자 순위에서 3위를 기록할 만큼 커브나 슬라이더의 공략에 일가견이 있기 때문에 이번 타석에도 직구로 승부해 올 가능성이 컸다.

그러나 놈들이 모르는 게 있었다.

변화구와 승부하는 걸 유독 좋아해서 배트가 많이 나가 그런 순위가 만들어졌을 뿐 실제적으로 그가 훨씬 잘 치는 공은 직구였다.

예상외로 초구는 슬라이더였는데 외곽으로 공 두 개 정도 빠진 볼이었다.

워낙 홈 플레이트에서 변화가 심했기 때문에 직구를 노리고 있지 않았다면 배트가 따라 나갈 정도로 눈을 혼란스럽게 만드는 슬라이더였다.

"크큭!"

자신도 모르게 득의의 웃음이 새어 나왔다.

이제 유리한 것은 자신이 되었다.

볼카운트가 불리하게 되면 놈은 직구를 던질 가능성이 점점 커지게 될 것이고, 그리되면 승부의 추는 자신에게 기울게 된다.

그리고 그 판단은 정확하게 들어맞았다.

이강찬의 손끝을 떠나 인코스로 파고드는 것은 분명한 직구였다.

허리를 받쳐 놓은 상태에서 임팩트 지점을 잡아내고 간략

한 백스윙을 거쳐 배트가 정확하게 공을 향해 뻗어 나갔다.

그런데 생각보다 훨씬 빨랐다.

본능적으로 공의 스피드에 맞춰 배트가 나갔지만 이전 회까지 보여주던 것보다 훨씬 빠른 패스트볼이었다.

당황한 가운데서도 허리를 정확하게 잡아놓았다.

허리를 잡아놓았다는 것은 배팅 포인트를 놓치지 않았다는 것을 의미한다.

틱.

왼쪽 다리가 열리면서 배트가 맹렬하게 돌아갔으나 바람 빠지는 소리와 함께 빗맞은 공이 하늘로 높이 솟구쳤다.

유격수가 거의 제자리에서 잡아냈을 정도이니 배트의 최상단부에 맞았다는 뜻이다.

카야스포는 1루로 뛰지 않고 허공에서 체류하다가 떨어지는 공을 보면서 기가 막힌 표정을 지었다.

놈이 던진 패스트볼은 150km/h가 넘어 보였다.

그러나 그 정도 구속을 던지는 투수들은 트리플A에서도 쌔고 쌨다.

문제는 이강찬의 공이 홈 플레이트에서 떠올랐다는 것이다.

일명 라이징 패스트볼.

어떤 사람은 투수가 던진 공이 홈 플레이트에서 떠오르는 건 물리학적으로 말이 안 된다고 주장한다.

초속과 종속의 차이가 명확하기 때문에 공은 타자 근처에 왔을 때 떨어질 수밖에 없다는 것이다.

공이 뜨는 것처럼 보이는 것은 다른 투수들의 공보다 떨어지는 각도가 적기 때문이지 정말로 공이 홈 플레이트에서 솟구친다는 건 있을 수 없는 일이라며 거품을 물었다.

그러나 다른 주장도 있다.

강속구를 던지는 투수 중 공의 종회전이 많을 경우 실질적으로 홈 플레이트에서 변화가 일어나며 공이 뜬다는 것이다.

공기의 저항으로 발생되는 부양 현상.

일례로 비거리가 엄청난 프로 골퍼의 경우 드라이브 샷을 할 경우 공이 낮게 깔려 나가다가 공중으로 솟구치는 현상이 발생하는데 강속구를 구사하는 투수들의 공도 그렇다는 것이었다.

카야스포는 한동안 서 있다가 천천히 몸을 돌렸다.

그가 본 것은 분명 라이징 패스트볼이었고, 실제적으로 공이 홈 플레이트에서 떠올랐다.

착각이 아니란 건 정확한 임팩트를 가져갔음에도 배트의 상단에 공이 맞았다는 것이 증명한다.

정말 기가 막혀 말도 안 나왔다.

160km/h의 강속구를 던지는 곤잘레스와 수시로 맥주 내기

를 하면서 많은 승부를 했지만 이렇게 공이 뜨는 경우는 한 번도 본 적이 없었다.

마운드를 툭툭 발로 고르는 이강찬을 보며 카야스포는 마른 입술을 혀로 적셨다.

마귀 같은 놈이다.

한 치의 오차조차 없는 변화구만 가지고 있는 줄 알았는데 엄청난 패스트볼까지 장착하고 있으니 저놈의 공은 마구나 다름없었다.

"152km/h!"

"미치겠군요. 시간이 갈수록 빨라집니다."

"그게 문제가 아니야. 공 끝이 살아서 움직이잖아."

"하아, 그러게 말입니다."

카야스포가 유격수 앞 뜬공으로 물러난 후 2회에 안타를 뺏어냈던 4번 타자 데이비드마저 강찬의 강력한 패스트볼에 삼진으로 물러나자 존 스미스 감독의 얼굴은 허옇게 변했다.

이닝이 진행되면 충분히 공략 가능할 거라고 주장하던 테일러 코치의 얼굴도 어느새 심각하게 바뀌어 있었는데 경기를 보면서 강찬이 공을 던질 때마다 연신 한숨을 뿜어냈다.

2아웃 상태에서 타석에 나선 5번 타자는 강력한 직구와 절묘한 변화구를 공략하지 못하고 헛스윙을 반복하고 있었다.

벌써 2스트라이크 1볼.

그러나 타자의 몸은 경직될 대로 경직되어 있기 때문에 승부는 이미 끝난 것이나 다름없었다.

그리고 그 예측은 정확하게 들어맞아 타자는 바깥쪽 체인지업에 완벽히 속아서 스탠딩 삼진을 당하고 말았다.

4회 공격에서 유격수 앞 뜬공 하나에 두 개의 삼진은 코치진이 기대하고 예상한 것과는 천양지차의 결과였다.

스코어가 5 : 0까지 벌어졌지만 곤잘레스를 구원하러 나온 벤슨이 나름대로 호투를 하며 더 이상의 실점을 하지 않았기 때문에 클린업트리오가 나오는 4회에서 추격할 수 있을 거라고 예상했는데 진루조차 하지 못하고 이강찬의 구위에 완벽하게 제압당했으니 어이가 없어 말도 나오지 않았다.

분위기는 더할 나위 없이 무거워졌고, 대기석에서 있는 선수들은 아무도 말을 꺼내지 못했다.

심각한 표정을 짓고 있던 존 스미스 감독의 입이 무겁게 열린 것은 샬럿 나이츠의 선수들이 수비를 위해 더그아웃을 빠져나갔을 때였다.

"테일러, 바로 구단에 전화해서 헤이먼을 찾아봐."

"헤이먼을요?"

"그래. 그놈이 와봐야 될 것 같아."

헤이먼을 언급한 존 스미스 감독의 입에서 엷은 한숨이 새어 나왔다.

이제 승부가 중요한 게 아니었다.

전지훈련을 온 하와이에서 괴물투수를 만났으니 무조건 헤이먼을 불러내야 했다.

다니엘 헤이먼.

시카고 컵스의 스카우터로 선수 보는 눈이 매처럼 날카롭다고 알려진 전문가 중의 전문가였다.

그가 보는 것은 선수의 구질과 구위뿐만 아니라 건강과 주변 여건, 가족 관계 등 모든 것을 종합해서 관찰한 후 베팅액을 정하는데 거의 실패한 적이 없었다.

하지만 테일러 코치는 감독의 지시를 받고 마땅치 않은 표정을 지었다.

헤이먼을 부른다는 건 이강찬에 대해서 알아보려는 것이 분명한데 너무 성급하다고 생각했기 때문이다.

이제 겨우 4회를 던졌을 뿐이니 헤이먼을 부르는 건 천천히 해도 늦지 않았다.

"감독님, 일단 시합부터 끝냅시다. 저놈이 뛰어난 건 사실이지만 조금 더 지켜봐야 합니다. 잘못하면 괜히 실없는 사람이 될 수도 있단 말입니다."

샬럿 나이츠와의 경기는 7 : 1로 끝이 났다.

강찬은 5회까지 던진 후 릴리프들에게 공을 넘겨줬고, 외국 용병인 니퍼슨이 깔끔하게 세이브를 성공시키면서 경기를 마무리 지었다.

니퍼슨은 메이저리그에서 활약하던 선수답게 150㎞/h를 넘나드는 강속구를 지녔는데 2이닝 동안 안타 하나를 맞으며 완벽하게 틀어막았다.

그동안 계속 실패해 온 외국인 용병과는 달리 니퍼슨과 가르시아는 뛰어난 실력을 선보이며 팀에 활력을 불어넣고 있었다.

오리올스의 복수를 해줄 것이라 믿고 찾아온 관중들은 샬럿 나이츠가 말도 안 되는 졸전을 벌이다가 패배하자 허탈한 표정으로 돌아갔다.

오리올스 때 보여주던 분노는 전혀 보이지 않았는데 오히려 어떤 사람들은 시합이 끝난 후 인사를 하는 이글스 선수들을 향해 박수를 보내기도 했다.

그날 저녁 최민영은 강찬에게 밥을 살 수 없었다.

모든 선수가 하나가 되어 오랜만에 호텔 야외에서 고기 파티를 하며 회식을 가졌기 때문이다.

작년 정규 시즌에서 한 번도 느껴보지 못한 자신감이 선수단을 채우고 있었다.

이런 상태로 시합이 벌어진다면 어떤 팀과 붙어도 지지 않을 것 같았기 때문에 선수들은 함박웃음을 지으며 오랜만에 시원한 맥주를 즐겼다.

＊　　　＊　　　＊

한번 물꼬가 트인 연습 게임은 샬럿 나이츠를 일축하면서 계속 이어지기 시작했다.

포터킷 레드삭스와의 연습 게임은 그로부터 이틀 후에 열렸는데 이글스의 선발투수로 나선 것은 송우진이었다.

그는 이글스의 원투펀치로 활약한 좌완의 에이스였는데 작년 성적은 8승 13패로 신통치 않았다.

그런 송우진이 레드삭스와의 연습 게임에서 예상을 뒤엎고 불같은 투구를 펼쳐 보였다.

작년의 부진을 만회하겠다며 훈련 캠프에서 누구보다 열심히 뒹굴고 많은 땀을 흘리더니 그는 훨씬 좋아진 구위를 선보이며 레드삭스의 타자들을 압도했다.

최종 스코어 3 : 1.

레드삭스도 나름대로 에이스를 내세우며 분전했지만 이번에도 윤태균과 가르시아의 쌍포가 불을 뿜었다.

윤태균은 세 번의 연습 경기에서 5할을 때려내고 있었는데 벌써 홈런이 세 개째였고 가르시아도 3할 5푼에 두 개의 홈런을 치고 있었다.

3년 연속 꼴찌 팀인 이글스의 전지훈련장에 기자들이 슬슬 몰려들기 시작한 것은 일본의 강호 자이언츠와 연습 경기가 결정되면서부터였다.

"출장을 어디로 간다고?"

"하와이라고 몇 번을 말해요."

"정말 이럴래? 인마, 연초부터 출장비를 깨물어 먹으면 나머지 놈들은 어떻게 버텨? 안 돼!"

스포츠내일의 편집장 신성록은 출장을 요구하는 김혁을 향해 거품을 물었다.

사랑하는 후배고 가끔가다 특종을 물어와 기특했지만 이번의 출장 요구는 과해도 너무 과했다.

꿈결 같은 휴일을 마치고 월요일 아침에 사무실로 들어오자마자 김혁은 다짜고짜 이글스 팀을 취재해야 된다며 막무가내로 하와이에 보내달라고 떼를 썼다.

하와이가 어디 가까운 동네라도 되는 양 아주 뻔뻔한 얼굴로 당당하게 얘기했기 때문에 처음에는 무슨 소린지 알아듣지도 못했다.

프로 구단들이 대부분 몰려 있는 오키나와에 간다면 모를까 하와이는 말도 안 되는 소리였다.

김혁의 표정이 변한 것은 신성록이 귀찮다는 듯 손을 휘휘

내저으며 나가라는 시늉을 할 때였다.

"이강찬이 이글스에 있습니다."

"누구?"

"이강찬 말입니다. 4년 전 전국을 떠들썩하게 만들었던 세광고의 언터처블. 우리가 걔 때문에 신문 많이 팔아먹었죠."

"꼭 말을 해도, 넌 기자가 팔아먹는 게 뭐냐, 팔아먹는 게? 신문기자가 직업 정신이 없어. 자식이 말이야."

"본론이 그게 아니잖아요!"

"좋아, 그건 그렇다 치고, 그놈이 거기 있다는 건 저번에도 말한 거잖아. 새삼스럽게 여기서 걔 얘기를 왜 꺼내?"

"걔가 지금 펄펄 날아다닌다고 합니다."

"거짓말하지 마라. 네가 네 입으로 직접 말했잖아. 어깨 때문에 1군으로는 올라오기 힘들겠다고 한 건 뭐 다른 놈이냐? 이놈이 놀러 가려고 별별 수작을 다 부리네."

"그놈이 샬럿 나이츠를 박살 냈답니다. 그리고 하와이에 가려고 하는 건 걔 때문만이 아니에요. 지금 하와이에서 재밌는 일이 벌어지고 있단 말입니다."

"그게 뭔데?"

"이글스가 나이츠하고 레드삭스를 연파했답니다."

"연습 경기 가지고 웬 호들갑이야? 그게 뭐가 그렇게 중요해!"

"그게 지금 묘하게 돌아가고 있어요. 하와이 주민들의 여론이 지금 이글스를 타파해야 된다고 난리가 났단 말입니다. 이러다가는 잘하면 메츠와도 한판 붙을지 몰라요."

"거 말도 안 되는 소리 하지 마. 메이저리그에 있는 놈들이 미쳤다고 이글스와 연습 경기를 하냐. 걔들은 훈련하러 간 게 아니라 휴식하러 간 거야."

여전히 신성록은 냉정했다.

한번 안 된다는 마음먹으니 웬만한 건 귀에 들어오지 않는 모양이었다.

그랬기에 김혁은 수첩을 양복 주머니에 넣은 후 볼펜으로 머리를 북북 긁었다.

뭔가 마음에 들지 않을 때 하는 습관적인 행동이다.

"그래서 가지 말라고요?"

"그래. 돈 없다."

"스포츠한국에서도 갔고 미래스포츠도 가는데요?"

"…정말이냐?"

"거기만 간 줄 아십니까. 오늘 KBS, MBC, SBS가 모두 뜬다고 합니다. 내일 일본의 자이언츠하고 시합하기 때문에 오늘 아니면 시간이 없습니다. 어때요, 그래도 가지 마요?"

제6장
하와이에 부는 열풍

　김남구 감독은 미리 받은 자이언츠의 엔트리를 확인하고
는 느긋한 한숨을 뿜어냈다.

　그동안 샬럿 나이츠, 레드삭스와 경기하면서 신경을 빠짝
썼기 때문에 골치가 아플 정도였는데 자이언츠의 엔트리를
보자 머리가 맑아졌다.

　자이언츠는 미국 놈들과 달리 연습 경기란 단어가 의미하
는 것처럼 후보들로 엔트리를 가득 채우고 있었다.

　하와이에 전훈을 온 것은 두 가지 이유가 있었다.

　하나는 따뜻한 곳에서 훈련을 통해 전력을 상승시키는 것이고, 또 하나는 공동체 생활을 하며 팀워크를 끌어 올리는 게 목적이다.

훈련과 휴식을 동시에 달성하는 것이 해외 전훈을 나가는 팀들의 공통된 과제였다.

선수들도 그렇지만 감독과 코치진도 마찬가지였다.

선수들의 훈련을 독려하는 것이 주요 임무였으나 머리를 식히며 다음 시즌의 선수 구상과 전략을 마련하는 것도 그와 비슷하게 중요한 목적이었다.

그러기 위해서는 여러 가지 조합을 시험하고 최적의 대안을 마련할 필요가 있는데 전훈의 마지막 단계에서 연습 경기를 하는 이유가 바로 거기에 있었다.

선발과 릴리프의 조합, 그리고 마무리.

선발투수가 우완이냐 좌완이냐에 따라 릴리프의 조합이 변경되어야 하기 때문에 연습 경기를 통해 최적의 대안을 도출해야 한다.

하지만 김남구 감독은 지금까지 아무런 시험도 하지 못했다.

마치 귀신에 씐 듯 잡아먹으려고 덤비는 놈들과 상대하다 보니 주전들을 고스란히 투입했기 때문에 투수들의 조합은 꿈도 꾸지 못했고 백업 요원들의 출전도 이루어지지 않았다.

정말 어처구니없는 일이었다.

연속으로 세 게임을 끝냈고 내일 자이언츠와의 경기를 치르면 잡힌 게임은 모두 끝이 난다.

아직 전훈 기간이 5일이나 남았기 때문에 한 게임 정도 더 했으면 좋겠지만 샬럿 나이츠나 레드삭스는 미친놈처럼 덤벼들 것 같아서 꺼려졌다.

그러고 싶지는 않았다.

연습 경기는 연습 경기로 끝내야지 승부와 연계시키면 스트레스를 받게 되고 선수들에게 악영향을 미칠 가능성도 컸다.

계속해서 이겼기 때문에 상승한 선수단의 분위기를 그대로 가지고 귀국하고 싶었다.

김 감독은 담배를 꺼내 물고 느긋하게 내일 내보낼 선수들의 엔트리를 작성했다.

미리 자이언츠에서 엔트리를 보내줬기 때문에 최대한 서둘러서 답신을 보내야 했다.

문이 벌컥 열리며 최민영이 들어온 것은 엔트리를 모두 작성하고 담배 연기를 멋있게 뿜어낼 때였다.

"노크도 안 하고 불쑥불쑥 들어올 거야? 내가 늙었다고 무시하는 거지?"

"바빠서 그렇죠. 다시 나갔다 올까요?"

"까분다. 무슨 일인데 예쁜 최 차장이 이렇게 방방 뛰어다니는지 들어나 보자. 뭐야?"

"방금 뉴욕 메츠 쪽에서 전화가 왔어요."

"그놈들이 왜?"

"삼 일 후에 연습 경기를 갖자는 제안이에요."

"민영 씨가 심심한가 보네. 나한테 농담도 다 하고."

"감독님, 농담 아니에요."

"그럼 정말이란 말이야?"

최민영의 굳어 있는 표정을 본 김남구 감독이 그때서야 놀란 얼굴을 했다.

전혀 생각지도 않은 뉴욕 메츠의 시합 요청은 그를 놀라게 만들기에 충분했다.

하지만 그의 놀람은 최민영의 이어진 말에 의해서 점점 커져만 갔다.

"그냥 시합이 아니라 힐튼호텔 뒤 시민 야구장에서 제대로 붙자고 해요. 야간 게임으로."

"환장하겠네. 거긴 시내에 있는 거잖아."

"그렇죠."

"그 새끼들, 일부러 그쪽으로 잡은 모양이구나. 이번에 제대로 혼내주겠다는 생각인가 보군."

뉴욕 메츠 뒤에 있는 시민 야구장은 그도 잘 아는 곳이다.

다른 야구장과 달리 시가지 한복판에 위치했고 시설도 홀

룽하게 완비된 곳으로 시합이 열리면 엄청난 인파가 몰릴 정도로 접근성이 좋았다.

메츠의 의도가 빤하게 보였다.

놈들은 수많은 관중 앞에서 복수를 하고 싶은 게 분명했다.

"어쩌면 좋겠어요?"

"뭘?"

"제안 받아들일 거냐고요. 감독님한테 물어보고 금방 대답해 준다고 했는데 뉴욕 메츠 관계자는 우리가 거부하면 일본의 호크스와 하겠대요."

"협박이군."

"맞아요. 이런 말은 안 하려고 했는데 그 사람이 그러더군요. 제 목소리가 예뻐서 가르쳐 준다면서 가급적이면 시합을 안 하는 게 좋을 거라고요."

"그건 또 뭔 소리야?"

"만약에 우리가 제의에 응하면 뉴욕 메츠는 주전을 풀가동해서 완전 박살 낼 거라고 했어요. 하와이 주민들의 등쌀 때문에 어쩔 수 없다는 말까지 곁들이면서 기분 나쁘게 웃더라고요."

"그럼 안 하면 되지, 뭐."

"그게 그렇게 쉬운 일이면 얼마나 좋아요. 기자들하고 인터뷰하겠대요. 하와이 언론한테 이글스가 연습 게임을 피해서 호크스와 하는 걸로 홍보한다더군요."

"웃기는군."

"어쩔래요. 고 아니면 스톱!"

"크크크, 이런 건 못 먹어도 고야. 어차피 우리는 판돈도 내지 않고 게임하는 거니까 전혀 손해 볼 게 없어."

"저도 그렇게 생각했어요."

"민영 씨가 오랜만에 멋지게 활약해 봐."

"뭘요?"

"우리를 취재하기 위해서 언론사들이 많이 날아온다고 했잖아. 우리도 대대적으로 홍보 때리자고. 어디 어떤 놈이 죽나 해보자 이거지."

"자신 있으세요?"

"져도 손해 볼 게 없는 싸움이다. 그리고 쉽게 지지도 않을 거야. 그러니까 걱정 말고 때리기나 해."

성수기가 아니었고 공항에 아는 줄도 있었기 때문에 신영록을 협박해서 출장비를 타낸 후 김혁은 지체 없이 하와이로 날아왔다.

미리 호텔을 잡아놨기 때문에 저녁 늦게 도착했지만 편하게 잠을 잘 수 있었다.

하와이의 시차는 다섯 시간으로 보면 되는데 우리나라가

하루 빠르다고 보면 되었다.

이글스와 자이언츠의 연습 경기는 호텔에서 한 시간 정도 떨어진 알라와이파크 구장에서 2시부터 벌어지기 때문에 아침부터 부산을 떨지 않아도 되었다.

김혁이 천천히 일어나 아침을 먹기 위해 로비로 나오는데 낯익은 얼굴들이 알은체를 해왔다.

미래스포츠의 야구전문기자 홍재진과 닛칸스포츠의 요다였다.

요다는 몇 안 되는 한국통으로 우리나라 말도 꽤나 잘하는 사람이었다.

서로 간에 인사를 주고받은 후 식당으로 자리를 옮겨 앉은 일행은 음식을 주문하고 본격적으로 대화를 나누기 시작했다.

홍재진은 김혁보다 다섯 살이 어린데 붙임성이 좋고 정보가 빨라 예전부터 친하게 지내온 사이였다.

"재진아, 이글스 때문에 온 거냐?"

"네. 오키나와에서 취재하다가 이쪽으로 넘어왔습니다."

"언제?"

"며칠 됐어요. 안 오려고 했는데 워낙 재밌는 소문이 돌아서 어쩔 수 없었어요."

"재밌는 소문?"

"이글스가 전지훈련 온 미국 팀을 박살 냈다는 소식이 오키나와까지 들려오더라고요. 사실 저는 별거 아니라고 생각했는데 우리 프런트에서 빨리 가보라고 성화를 해대는 바람에 허겁지겁 온 겁니다. 다행스럽게 포터킷 레드삭스와의 경기는 볼 수 있었습니다."

"그렇군."

입맛이 절로 다셔졌다.

어디는 안 간다고 지랄을 떤다는데 어디는 간다고 염병을 떨어도 눈총을 받은 후에야 간신히 왔으니 슬그머니 열이 뻗쳐 왔다.

"요다 상은 뭘 취재하러 온 거요?"

"호크스와 자이언츠가 하와이에 왔는데 안 올 수가 있나요. 두 팀은 일본 내에서 가장 인기가 많은 팀이잖아요."

"오늘 이글스하고 자이언츠가 시합한다던데 뭐 좀 아는 거 있어요?"

"자이언츠 프런트에 아는 사람이 있는데 그 사람 말로는 이글스가 생각 외로 강해서 연습 시합을 하는 거라고 말하더군요. 하지만 오늘 경기는 양 팀이 백업 멤버들을 출전시키는 거라서 흥미는 떨어질 것 같아요."

"미국 팀들과는 분위기가 다른 모양이군요."

"여긴 일본이 아니니까요."

"요다 상은 언제 왔죠?"

"전 보름 정도 됐습니다."

"그럼 혹시 이글스와 나이츠의 경기 봤습니까?"

"심심해서 가봤는데 정말 흥미진진한 경기였어요. 이글스의 선발투수는 처음 보는데 정말 대단하더군요."

"이강찬 말이지요?"

"맞습니다. 잘 아는 선수입니까?"

"예전에 내가 특종으로 때린 적이 있습니다. 4년 전 그 친구는 고교 시절 초특급 투수였는데 어깨에 공을 맞는 커다란 사고를 당해서 야구를 그만두었었죠."

"그럼 부상에서 재기했다는 말씀이군요. 저는 그런 낌새를 전혀 느끼지 못했습니다. 워낙 강력한 공을 뿌려대서 이글스가 숨겨놓은 비밀 병기일 거라고만 생각했어요."

"그 친구 구위가 그 정도로 좋던가요?"

"처음에는 변화구 위주로 경기를 풀어갔는데 얼마나 예리하던지 타자들이 타이밍을 못 맞출 정도로 완벽했어요. 그런데 이닝이 진행되면서 직구를 가미시켰는데 놀랍게도 154㎞/h까지 나오더군요."

"정말입니까?"

"구속도 구속이지만 공 끝이 살아서 움직였습니다. 메이저리그에서도 최고 투수들만 구사한다는 그 라이징 패스트볼이 분명했어요."

"허어!"

김혁은 기어코 한숨을 뱉어냈다.

나름대로 개략적인 정보를 가지고 왔는데 막상 직접 경기를 관람했다는 요다의 말을 듣고 나자 놀라움을 참을 수 없었다.

154㎞/h에 라이징 패스트볼?

처음에는 이놈이 장난하나 하는 마음이 들었지만 요다의 심각한 얼굴을 보고는 사실이란 걸 알 수 있었다.

그러자 이강찬의 경기 모습을 보고 싶다는 생각이 간절해지며 조급증이 생겨났다.

홍재진이 옆에서 툭 치고 나온 것은 김혁의 얼굴이 열기로 붉어졌을 때다.

"이번에 이글스가 아무래도 사고를 칠 것 같은데요. 별로 기대를 안 하던 니퍼슨의 구위가 좋아서 마무리가 안정되었어요. 거기다가 에이스인 이태진이 건재하고 송우진마저 컨디션이 좋거든요. 고동식이 오늘 나온다니까 확인해 봐야겠지만 이강찬이 그 정도로 대단한 놈이라면 이번 시즌에서 돌풍을 일으킬지도 몰라요."

"오늘 선발이 고동식이래?"

"정말 잠만 자고 나온 거군요."

"도착하니까 2시더라고. 내가 부지런해서 그나마 여기 있는 거야. 아직도 머리가 무거워 죽겠어."

"하여간 이글스를 눈여겨봐야 할 것 같아요. 국가대표 3인 방이 건재하고 장타자인 가르시아가 가세해서 타격의 짜임새도 작년보다 훨씬 좋아졌어요."

"이글스 안티인 네가 그 정도로 말하는 거 보니까 좋아지긴 좋아진 모양이다."

"에이, 안티는 아니었죠. 워낙 못하다 보니까 신경질 나서 깐 거였지 원래는 이글스 팬입니다. 제가 고향이 충청도 아닙니까."

"크크크, 이글스 팬들이 최근 몇 년 동안 돌아버릴 지경이었지. 3년이나 꼴찌를 면하지 못했으니 나 같아도 그랬겠다."

김혁이 이상한 웃음을 흘리며 맞장구를 쳐 주자 홍재진이 어깨를 으쓱였다.

핸드폰이 요란한 벨소리와 함께 울린 것은 요다가 화장실을 갔다 오겠다며 자리에서 일어날 때였다.

액정에 뜬 건 황인호로 인해 알게 된 이글스 최민영의 전화번호였다.

고개를 갸우뚱하고 통화 버튼을 눌렀다.

하와이에 도착해서 몇 시간 지나지도 않았는데 전화가 오다니 이상한 일이었다.

"민영 씨, 나 하와이에 있는 거 어떻게 알았어요?"

―신문사에 수배했더니 이쪽에 오셨다고 하던데요.

"날 왜 찾았는데요?"

―야구단 프런트가 기자님 찾는 건 뻔하잖아요.

"알려줄 게 있단 뜻이죠?"

―역시 빠르시네요.

"뭡니까?"

―삼 일 후에 우리 팀하고 뉴욕 메츠와의 시합이 잡혔어요.

"뉴욕 메츠? 전지훈련 왔다는 메이저리그 팀 그 뉴욕 메츠 말이오?"

―맞아요.

"그게… 정말입니까?"

―시간은 저녁 6시고요, 구장은 힐튼호텔 뒤에 있는 시민 구장이에요.

"허어!"

―메츠에서 그날 주전을 풀로 가동할 거라고 알려와 우리도 맞대응할 생각이에요. 누가 죽나 한번 해보려고요.

다른 기자들하고 통화해야 한다면서 최민영이 급하게 전화를 끊었기 때문에 김혁은 휴대폰을 내려놓으며 어처구니없다는 표정을 짓고 말았다.

자다가 일어났더니 맛있는 떡이 척 하고 대령되어 있는 것과 다름없었다.

오자마자 이런 특종을 잡다니 자신의 운이 아직 죽지 않은 모양이었다.

이글스 프런트는 김혁에게만 전화를 때린 게 아니라 동네방네 온 곳에 홍보를 한 모양이었다.

당장 같이 밥 먹으러 온 홍재진도 전화를 받고 부랴부랴 먹는 둥 마는 둥 서두르더니 급하다며 자리를 떠버렸기 때문에 뒤늦게 화장실에 갔다 돌아온 요다에게 상황 설명을 해주느라 괜한 시간만 뺏기고 말았다.

이러고 있을 새가 없었다.

오늘 벌어진 자이언츠와의 경기는 백업 멤버들끼리의 싸움이라고 하니 취재거리도 되지 않을 테지만 최대한 빠른 시간에 이글스를 방문해서 감독과 코치진, 그리고 선수들과의 인터뷰를 따내야 했다.

동계 훈련 중에 이런 빅 매치가 성사될 줄 누가 알았겠는가.

이글스를 상대로 먼저 게임을 제의했다는 사실 자체부터가 뉴스거리로 충분했다.

3년 연속 꼴찌 구단에게 메이저리그 팀인 뉴욕 메츠가 연습 경기를 제의한다는 게 상식적으로 이해가 되지 않기 때문이다.

메이저리그 팀과의 경기, 그것도 주전이 모두 풀로 출전해서 펼치는 정면승부라면 공중파에서 생중계를 하겠다고 덤빌지도 몰랐다.

양 팀의 출전 명단과 선발투수에 대한 정보를 예측해야 하고 선수들의 각오와 김남구 감독의 전략 등 취재해야 될 것이 수도 없이 많았다.

지금부터 이틀 동안은 눈코 뜰 새 없이 바빠질 테니 하와이언 바비큐를 맛보겠다는 생각은 당분간 버리는 게 정신 건강 측면에서 좋을 것 같았다.

재밌는 일이 벌어지기 시작한 것은 그날 오후부터였다.

하와이 언론이 대대적으로 메츠와 이글스의 경기에 대해서 보도를 하기 시작한 것인데 보도 내용이 은근하게 한미전으로 몰아가는 분위기였다.

더군다나 보도의 양과 질이 이해하지 못할 정도로 강했다.

하와이 방송국에서는 뉴스 때마다 이틀 후 벌어지는 연습게임에 대해서 양 팀의 전력을 분석하며 결과를 알 수 없다는 긴장감을 연신 고조시키고 있었다.

그들이 TV에 내보내고 있는 자료 화면은 이글스가 루키리그에 있는 오리올스와 트리플A의 샬럿 나이츠를 박살 내는 장면이 대부분이었는데 오리올스의 투수가 홈런을 맞은 채 고개를 떨어뜨리는 장면이 마지막 장면으로 클로즈업되고 있었다.

하와이는 수많은 외국인이 찾는 관광도시였기 때문에 언제나 주민들은 밝은 웃음과 상냥한 표정을 짓는 것으로 유명했다.

그런 그들이 삼삼오오 모이기만 하면 이글스와 메츠의 경기를 화제로 올리며 이번엔 반드시 이겨야 한다고 거품을 물었다.

교묘한 언론 플레이도 어느 정도 영향을 미쳤겠지만 세 차례에 걸쳐 계속된 자국 팀의 패배가 하와이 주민들의 승부욕을 자극한 모양이었다.

백업 멤버들끼리 맞붙은 자이언츠와의 연습 게임은 웃기지도 않게 또다시 이글스의 승리로 끝이 났다.

게임 스코어 8 : 7.

이글스의 5선발 고동식과 자이언츠의 신인 투수 이토가 맞붙은 파크 구장은 초반에만 잠깐 투수전으로 진행되었을 뿐 3이닝부터는 불꽃 튀는 타격전으로 변하며 난전에 난전을 거듭했다.

그동안 나오지 않던 릴리프들이 몸을 풀듯 모두 나와 새롭게 익힌 구질들을 시험했고 백업 타자들은 출전 못 한 설움을 풀기 위해선지 맹타를 휘두르며 감독의 눈도장을 받기 위해 최선을 다했다.

긴장감이 없을 것이라 생각했는데 게임이 진행될수록 파크 구장을 찾은 관중들은 열광의 도가니로 빠져들었다.

야구 경기에서 가장 재미있다는 케네디 스코어가 기록될 정도로 점수도 많이 나왔기 때문인지 관중들은 후반으로 갈수록 경기 결과를 궁금해하며 경기에서 눈을 떼지 못했다.

결국 이글스가 1점 차로 승리를 가져가자 관중들은 열렬하게 박수를 치며 환호성을 보내주었다.

순수한 야구에 대한 열정이다.

자국 팀에 대해서 연속해서 승리를 거둔 이글스였지만 그들은 재미난 경기를 보여준 이글스에게 진심에서 우러난 박수를 보내주었으니 말이다.

벌써 4연승.

비록 연습 경기에 불과했지만 이기는 경기가 계속되자 김남구 감독과 장혁태 코치의 얼굴에는 웃음꽃이 핀 채 지워질 줄을 몰랐다.

연습 경기가 끝나고 선수들이 장비를 정리하며 빠져나가는 것을 지켜보던 두 사람의 만면에는 미소가 가득했다.

"시즌에 들어가서 이런 성적을 거두면 얼마나 좋을까. 그러면 담배도 끊을 수 있을 텐데 말이야."

"감독님은 담배 못 끊어요. 좋으면 좋다고 피우실 텐데 이긴다고 끊을 수 있겠어요?"

"그런가?"

"그나저나 이젠 슬슬 걱정이 되는데요."

"메츠 말이지?"

"일이 너무 커지는 게 아닌가 싶어요. 하와이 언론이 아주 작정하고 덤비잖습니까. 민영 씨가 얼마나 떠들어댔는지 국내 언론도 난리가 났어요. 저기 보세요. 우리 나가면 잡아먹을 기세잖아요."

장혁태 코치가 가리키는 곳에는 방송 카메라가 여러 대 보였고 기자들도 진을 친 채 선수들을 향해 인터뷰 공세를 퍼붓고 있었다.

하지만 김남구 감독은 오히려 잘됐다는 표정을 지으며 어깨를 으쓱여 댔다.

"이거 로션 좀 잔뜩 바르고 올 걸 그랬나?"

"로션은 왜요?"

"화면발 잘 받아야지."

"좋으신 모양이네요."

"그럼 좋지 안 좋아? 인터뷰 해본 지가 언젠지 기억도 안 난다. 더군다나 맨날 꼴찌하면서 인터뷰만 했지 이런 분위기에서 해본 적 있느냐고. 이런 건 즐겨도 돼."

"어떻게 공식 기자회견이라도 열어드릴까요?"

"지랄, 그나저나 이제 나가보자. 저 사람들, 우리한테 궁금한 게 많을 텐데 조금이라도 해소시켜 줘야 되지 않겠어?"

김남구 감독은 아주 우아한 걸음걸이로 기자들에게 다가갔다.

말은 그렇게 했지만 그는 공식적인 인터뷰에 대해서 질색하는 사람이라 기자들의 질문에 단답형으로 대답하고 있었다.

주절주절 떠드는 성격도 아니었지만 기자들의 생리를 너무나 잘 알기 때문에 많은 말을 하지 않았다.

어떤 질문이든 승부로 귀결될 수밖에 없으니 게임에 관련된 것들은 결과가 나온 후에 말하는 것이 훨씬 유리하다는 것을 경험으로 체득한 지 오래였다.

역시 기자들은 메츠와의 연습 경기에 많은 관심을 보이면서 경기가 잡힌 배경과 연습 경기답지 않게 주전들이 전부 출전할지도 모른다는 루머에 대해서 집중적으로 질문했다.

알면서도 하는 질문에 일일이 답할 이유가 없었다.

메츠가 복수를 하기 위해 연습 경기를 제안했다는 것과 그렇기 때문에 어쩔 수 없이 전력을 풀가동할 거란 내용을 아무런 생각 없이 기자들에게 말했다가는 모든 총대를 자신이 메야 한다.

친분 있는 누군가에게 슬쩍 분위기를 흘리는 거라면 몰라도 이렇게 많은 기자들이 모인 곳에서 떠들 정도로 김 감독은 멍청한 사람이 아니었다.

김혁은 김 감독과 장혁태 코치가 기자들의 질문에 대충 대답하고 버스로 이동하자 렌트해 놓은 차를 집어탄 후 액셀러레이터를 거칠게 밟았다.

장사 한두 번 해본 것도 아니기 때문에 김남구 감독이 기자들을 앞에 두고 예민한 내용에 대해서 말해줄 거란 기대는 전혀 하지 않았다.

그럼에도 그가 이렇게 서둘러서 김 감독을 추격하는 것은 얻어내야 될 것이 있기 때문이었다.

그가 얻어내야 되는 것은 오직 하나.

김 감독의 입에서 주전을 모두 출전시켜 메츠를 이겨보겠다는 포부를 듣는 것뿐이었다.

나머지는 자신이 각색하면 되었다.

기자는 가끔 소설가도 되어야 하고 탐정 역할도 해야 되는 경우도 있었다.

기사의 내용을 최대한 자극적이고 흥미롭게 써내기 위해서는 여러 사람의 인터뷰를 하나씩 끌어내어 톱니바퀴처럼 맞추는 작업이 필요했다.

호텔에 버스가 도착하고 코치진과 선수들이 내리는 걸 확인한 김혁은 주차장에 차를 파킹시켜 놓은 후 그들이 다시 나올 때까지 기다렸다.

시합이 끝난 시간은 저녁 무렵이었으니 샤워만 끝나면 식당으로 이동할 것이란 게 그가 최민영에게 얻어낸 정보였다.

최민영은 김혁에게 유독 친근감을 가지고 잘 대해줬는데 그가 황인호의 둘도 없는 친구이기 때문인지 아니면 프로야구 판에서 잔뼈가 굵어 꽤 커다란 영향력이 있는 베테랑 기자였기 때문인지는 정확하게 알 수가 없었다.

이글스 선수단이 저녁을 먹기 위해 이동한 곳은 호텔에서 10분 정도 떨어진 한인 식당이었다.

주로 고기를 파는 그 식당에는 여러 다른 메뉴도 같이 있어 이글스 선수단이 대놓고 저녁을 먹는 곳이었다.

김혁은 선수들이 모두 들어가고 난 후 무작정 식당으로 따라 들어갔다.

밥 먹으러 온 것처럼 우연을 가장해서 들어간다면 쫓아낼 수도 없을 것이다.

역시 적진에 아군이 있다는 것은 커다란 도움이 되었다.

식당 문을 열고 들어서자 카운터에서 주인과 이야기를 나누던 최민영이 김혁을 보곤 방긋 웃음을 보내왔다.

그러면서 슬그머니 손가락으로 왼쪽을 가리켰는데 방문으

로 차단된 곳에서 왁자지껄 소음이 흘러나오고 있었다.

고맙다는 시늉을 한 후 김혁은 지체 없이 방문을 열고 김남구를 찾았다.

예상대로 김 감독은 장혁태와 함께 상석에 자리 잡고 있었는데 그들 앞에 놓여 있는 고기판에는 들어온 지 얼마 되지 않았는데도 고기가 지글거리며 익기 시작하고 있었다.

역시 최민영답다.

아마 그녀는 미리 와서 선수들이 도착하면 곧바로 식사할 수 있도록 조치를 취해놓은 모양이었다.

김남구 감독과 장혁태 코치는 친구인 황인호로 인해서 여러 번 같이 술자리를 한 사람들이기 때문에 친분이 꽤 있는 사이였지만 지금은 상황이 상황인 만큼 무턱대고 들어가기가 어색했다.

둘만 있다면 모를까, 다른 코치들과 선수들도 있었기 때문에 무례한 침입자로 보일 가능성이 컸다.

하지만 그런 우려는 김남구 감독의 한마디로 간단하게 해결되었다.

"어이, 김 기자, 밥 먹으러 왔나 보네? 들어와. 같이 먹자고."

"그래도 되겠습니까?"

"그럼 그럼. 우리 사이에 무슨……. 들어와서 술 한 잔 받아."

다음 날 스포츠내일의 헤드라인은 이글스와 뉴욕 메츠의 대결에 관한 것이었다.

제목은 '골리앗과 다윗의 한판'.

게임이 벌어지게 된 배경과 주전이 총출전해서 진검승부를 펼칠 것이라는 예상이 함께 들어 있었는데 하와이 현지 주민들의 반응까지 상세하게 실려 있었다.

더군다나 뉴욕 메츠의 선발투수가 작년 시즌 13승을 거둔 제이든이 유력하다는 예측과 함께 출전이 예상되는 메츠의 막강 타선이 소개되면서 국내 팬들의 관심을 단숨에 끌어모았다.

제이든은 메츠의 제2선발로 150㎞/h대의 강력한 속구와 포크볼을 자유자재로 구사하는 투수로서 국내에도 상당수의 팬을 보유한 선수였다.

문제는 김혁이 기사 말미에 써놓은 내용이었다.

그는 이글스의 선발로 샬럿 나이츠를 격파하는 데 혁혁한 공을 세운 이강찬을 예상하면서 제이든과 견줘도 전혀 손색이 없을 것이라며 이번 승부의 향방이 두 사람에게 달렸다는 말로 기사를 마무리하고 있었다.

어찌 보면 말도 안 될 정도의 도발적인 내용이었으나 국내 팬들에게는 상당한 흥행 요소를 제공했기에 인터넷 포털 사이트에서 이강찬의 이름이 실시간 검색어 상위를 차지하기 시작했다.

이강찬은 국내 팬들에게는 전혀 알려지지 않은 신인인데 제이든 급의 선수로 신문에서 소개되자 그에 대한 궁금증이 폭발한 것 같았다.

"꽤 잘 썼네."

"그러게 말입니다. 김 기자는 나중에 소설 써도 잘 쓸 것 같아요."

"우리가 말 안 해준 것도 알아서 척척 써놓은 걸 보니 확실히 민완은 민완이다. 예전부터 알고 있었지만 정말 빠른 친구야."

인터넷으로 스포츠내일의 기사 내용을 읽으며 김남구가 유쾌한 표정을 지었다.

그는 기사 내용이 무척 마음에 드는지 연신 이를 드러낸 채 웃고 있었는데 장혁태 코치의 표정도 비슷했다.

"다른 데서 기분 나빠하지 않을까요?"

"설마 그러기야 하겠어? 우리가 일부러 부른 것도 아니고 밥 먹는데 쳐들어온 거잖아. 그런 건 금방 소문나니까 걱정하지 마."

"김 기자가 나중에 술 한 잔 사겠다고 하던데요."

"특종 뽑았으니까 좋은 걸로 사라고 그래."

"그러죠."

"이만하면 판은 제대로 벌여놓은 것 같으니 수확할 일만 남은 건가?"

"감독님은 져도 본전이라고 말씀하셨지만 전 아무래도 아닌 것 같아요. 프로가 게임에서 진다는 게 무슨 의민지 잘 아시잖아요. 그것도 시즌 시작 전에 전 국민이 다 알게 만들어놓고 지면 망신도 그런 망신이 없습니다."

"져도 손해 볼 거 없다는 건 사실이잖아. 신문에서 제목 뽑아놓은 거 못 봤어? 골리앗과 다윗의 승부. 더군다나 연습 경긴데 지면 어때. 그 덕분에 우리 구단에 관한 뉴스로 전국이 떠들썩하게 만들었으면 그것만으로도 충분히 성공한 거 아니겠어?"

"감독님은 정치하셔도 성공했겠어요."

"장 코치, 우리가 질 것 같아?"

"글쎄요, 객관적인 전력으로 봤을 때 딸리는 건 사실이죠."

"맞아. 부족하긴 해. 그래도 지고 싶진 않아. 이렇게까지 판을 크게 깔아놨는데 지면 억울하지 않겠어?"

"그건 그렇죠."

"그래서 모험을 한번 해보려고."

"어떤 모험이요?"

*   *   *

뉴욕 메츠.

미국의 최대 도시 뉴욕을 근거지로 삼고 있는 내셔널리그 동부 지구에 소속된 강팀이다.

메츠는 다른 메이저리그 팀보다 역사가 훨씬 짧지만 강렬한 인상을 남기며 혜성처럼 등장했다.

미국 최대 도시 뉴욕에 내셔널리그 팀이 없어서는 안 된다는 여론에 따라 1962년 뉴욕 메츠가 창단된 후 미국의 심장부에서 내셔널리그 동부 지구 간판 팀으로 자리 잡았고, 1969년과 1986년 두 차례 월드시리즈 정상에 올랐다.

작년 성적은 지구 1위를 차지하며 디비전 시리즈에 진출했으나 너클볼의 마술사 제임스 커트가 버티고 있는 피츠버그에 2승 3패로 막히면서 아쉽게 우승의 꿈을 접어야 했다.

비록 월드시리즈 문턱에서 주저앉았으나 강력한 전력을 보유하고 있기 때문에 메츠 팬들은 금년 시즌에 반드시 월드시리즈를 제패할 것이라는 염원을 담고 열렬한 응원을 보내는 중이었다.

그리고 그 선봉에 서 있는 사람은 전략의 귀재 톰 클랜시 감독이었다.

톰 클랜시 감독은 동부 리그 최하위에 머물고 있던 메츠에 3년 전 부임한 이래 끊임없는 팀 리빌딩으로 약점을 보완하면서 강팀으로 거듭나게 만든 장본인이다.

나이는 55세로 그리 많지는 않지만 메이저리그에서 선수 생활을 했고 코치로 잔뼈가 굵었기 때문에 누구보다 경험이 풍부했다.

그런 그가 바닷가재 요리 전문점인 'Fisherman's Wharf' 에 나타난 것은 이글스와 경기를 이틀 앞둔 금요일 저녁이었다.

원래 해물 요리를 좋아하기도 했지만 그를 위해 하와이 주지사인 브루스 윌리가 직접 저녁을 초대했기 때문에 거부하기도 힘든 자리였다.

그가 레스토랑 입구에 들어서자 종업원이 기다렸다는 듯 그를 예약석으로 그를 안내했다.

주지사는 이미 도착해서 그를 기다리는 중이었다.

그는 클랜시 감독을 보자 활짝 웃으며 자리에서 일어나며 반겼다.

"감독, 어서 오시오. 오느라 고생하지는 않으셨소?"

"차가 조금 막혔지만 괜찮았습니다."

"앉아요. 워낙 바닷가재를 좋아한다고 들어서 내가 미리 준비시켰습니다. 괜찮겠죠?"

"그럼요."

클랜시 감독이 자리에 앉자 윌리 주지사가 레드 와인을 잔에 따라주었다.

와인은 프랑스에서 생산된 'Chateau Talbot'으로 원가만 200달러에 달할 만큼 비싼 술이었으니 식당에서 파는 가격은 300달러가 훌쩍 넘을 것이다.

와인을 선택한 것만 봐도 주지사가 클랜시 감독을 얼마나 소중하게 접대하는지 알 수 있었다.

월리 주지사는 가볍게 와인 잔을 부딪치고 음미하듯 술을 한 모금 마신 후 천천히 입을 열었다.

"이틀 후면 드디어 시합이군요. 우리 주민들의 기대가 큽니다."

"연습 경기일 뿐입니다."

"그건 그렇지요. 하지만 우리는 메츠가 하와이 주민들의 자존심을 세워줄 것이라 기대합니다."

"부담을 주시는군요."

"허허, 천하의 메츠를 그놈들이 어떻게 상대할 수 있겠습니까."

"공은 둥근 법이니까 승부는 어떻게 될지 아무도 모릅니다."

"꼭 이겨주셔야 합니다. 시민 구장에서 벌어지기 때문에 직접 보러 오는 관중도 엄청날 텐데 그들을 실망시켜서야 되겠습니까. 잘못되면 자칫 안 좋은 일이 일어날까 걱정도 됩니다."

"설마요."

"말이 그렇다는 거지요. 하와이 주민들이 워낙 다혈질이다 보니 승부에 대한 집착이 강합니다."

"주지사님의 뜻 잘 알겠습니다. 최선을 다하지요."

윌리 주지사의 거듭되는 압박에 클랜시 감독의 얼굴에 쓴 웃음이 떠올랐다.

주지사가 이렇듯 안달복달하는 것은 내년 선거를 염두에 두고 이벤트를 마련했기 때문이다.

며칠 전 주지사가 직접 전화까지 해왔고 시큰둥한 반응을 보이자 구단주까지 동원해서 어쩔 수 없이 연습 게임에 응하게 되었지만 썩 내키는 일은 아니었다.

얻을 것이 하나도 없는 게임에 광대처럼 나간다는 건 절대 하고 싶지 않은 짓이었다.

그럼에도 말처럼 부담이 되거나 질 거란 생각은 들지 않았다.

대한민국이란 작은 나라에서도 3년 연속 꼴찌를 면하지 못했다는 팀과의 경기에서 진다는 것은 있을 수 없는 일이기 때문이다.

그랬기에 클랜시 감독은 주지사의 간절한 시선을 받으며 여유 있게 웃었다.

애를 태울 만큼 태웠으니 속 시원하게 풀어주면 훨씬 커다란 보상이 따를 것이다.

황주희는 하와이공항을 나서면서 한입 커다랗게 공기를 들이마셨다.

약간의 미지근함과 짭짜름한 맛.

바다를 연하고 있는 섬답게 하와이의 공기는 대한민국만큼 상쾌하지 않았다.

하지만 황주희는 가슴을 크게 열었다가 닫은 후 옆에 서 있는 카메라맨 윤수일을 바라봤다.

윤수일은 그녀가 '오늘의 프로야구'를 진행하면서부터 전문 카메라맨으로 배정된 사람인데 나이는 마흔두 살이고 경력 13년 차의 베테랑이다.

"삼촌, 여기 계세요. 제가 차 가져올게요."

"응, 부탁해."

윤수일이 자신의 장비를 힐끔 바라보면서 미안한 표정을 지었는데 그의 옆에는 꽤 많은 양의 카메라 장비가 놓여 있었다.

황주희는 그의 미안해하는 표정을 보면서 그저 싱긋 웃었다.

워낙 나이 차이가 많이 나기 때문에 출장을 가게 되면 웬만한 일은 전부 그녀가 처리하곤 했으니 이제 이런 것에는 신경조차 쓰지 않았다.

그녀에게 급하게 오더가 떨어진 것은 어제저녁 무렵이었다.

CBS 스포츠의 국장인 설훈은 집에서 쉬고 있는 그녀를 급히 호출하더니 다짜고짜 하와이로 날아가라고 명령을 내렸다.

그녀가 맡은 '오늘의 프로야구'는 가을 야구가 끝나고 나면 시즌이 오픈되는 3월전까지 방송이 중지되고 가끔가다 스포츠뉴스에 나와 간단한 프로야구 소식만 전하기 때문에 할 일이 많지 않았다.

물론 그렇다고 그녀가 노는 것은 아니었다.

각 구단에서 벌어지는 일에 대해서는 신경을 곤두세워야 하고 스타급 선수들에 대한 일상도 칼같이 챙겨야 했다.

다시 말해 뉴스거리를 끊임없이 만들어놓고 대기해야 한다는 뜻이다.

하지만 요즘의 그녀는 거의 움직임을 멈추고 있는 상태였다.

모든 팀이 외국으로 전지훈련을 떠난 상태이기 때문인데 국내와는 다르게 전 세계적인 네트워크를 구축한 CBS는 특파원이 취재를 담당해서 그녀가 할 일이 별로 없었다.

설훈의 오더는 간단하고도 명료했다.

이글스가 하와이에서 사고를 치고 있는데 그에 대해 밀착 취재를 해오라는 것이었다.

CBS 국장인 설훈이 콜할 때부터 어쩌면 이글스에 관한 것일지도 모른다는 생각을 했다.

'스포츠내일'이 워낙 크게 터뜨려 놨기 때문에 이글스에 관한 기사가 지금도 봇물처럼 쏟아지고 있는 중이었다.

연습 경기 4연승.

더군다나 마지막 경기가 내셔널리그 동부 지구 1위를 차지한 뉴욕 메츠였고 하와이 주민들의 반응이 워낙 뜨거워 내일 벌어질 연습 게임은 초미의 관심사로 변해 있었다.

설훈의 출장 명령에 황주희는 머리를 관통하는 번개로 인해 온몸에 전율을 느꼈다.

내일 선발투수로 출전이 예상되는 이강찬.

그를 만나게 된다는 생각에 그는 어제저녁 잠을 설칠 정도의 흥분에 젖었던 것이다.

렌터카를 끌고 공항 입구로 돌아온 황주희는 윤수일을 태우고 곧장 이글스 팀이 머물고 있는 호놀룰루호텔로 차를 몰았다.

현재 시각 3시.

어쩌면 훈련장에 있을 수도 있지만 호텔로 방향을 잡은 것은 전지훈련의 스케줄로 봤을 때 기다리고 있으면 선수단이 호텔로 곧 돌아올 것이란 판단 때문이었다.

그리고 그 판단은 정확하게 들어맞아 그녀의 차가 호텔에 도착해 주차장에 파킹한 후 로비에 들어서자 이글스 전용 버스가 선수들을 쏟아내기 시작했다.

그녀가 곧장 노트를 챙겨 들고 김남구 감독을 향해 다가가자 뒤따르던 윤수일의 얼굴이 일그러졌다.

이럴 때의 그녀를 보면 야구여신이란 표현이 어울리지 않을 정도로 막무가내였다.

지금 하와이에는 꽤 많은 야구전문기자들이 몰려 있었고, 그들은 이글스와 메츠, 그리고 현지의 분위기를 취재하기 위해 열심히 뛰어다니는 중이었다.

선수단이 호텔에 도착하면서 몇 팀의 기자들이 따라오는 게 확인되었으니 지금의 이글스는 시즌 중에도 받지 못하던 관심을 한 몸에 받고 있었다.

하지만 그들 중 누구도 황주희처럼 이렇게 막가파로 움직이지는 않았다.

기자는 인터뷰를 위해서는 사전 양해를 받아야 하고 상대가 허락하지 않으면 가급적 다음 기회를 엿보는 것이 예의였다.

더군다나 오늘처럼 시합을 하루 앞둔 상황에서는 인터뷰에 응하지도 않을 뿐만 아니라 인터뷰를 한다 해도 얻을 게 거의 없기 때문에 기자들은 그저 선수단의 일정과 분위기만 취재하는 경우가 대부분이었다.

"어쩌려고?"

"어쩌긴요, 취재해야죠."

"김 감독, 기자들 쳐다보지도 않는단다. 쟤들 봐. 아무 짓도 못 하고 있잖아."

"우리가 저 사람들하고 같나요. 오늘의 프로야구 팀은 야구 쪽으로 톱이에요. 그리고 저는 여신으로 불리잖아요."

"황 앵커, 그래도 이건 아니야. 저 사람 아직 샤워도 못 했어."

"바빠요. 언제 기다리고 언제 눈치 봐서 컷을 따내요. 얼른 가요."

"미치겠네."

황주희가 마치 황소처럼 돌진하자 카메라를 든 윤수일은 허겁지겁 따라 움직였다.

김남구 감독은 선수들과 헤어져 자신의 방으로 가기 위해 엘리베이터 쪽으로 걸어가는 중이었다.

마침 일이 잘되려는지 문이 열리며 김남구 감독이 탈 때 황주희의 발이 닫히던 엘리베이터에 걸쳤다.

다시 열린 문을 통해 황주희와 윤수일이 들어서자 김남구 감독의 눈이 마치 귀신을 본 것처럼 변했다.

"뭐야, 여신이 어쩐 일이야?"

"감독님 보고 싶어서 왔죠."

"얼씨구."

"30분만 시간 내주세요. 오케이?"

"안 돼."

"왜요?"

"샤워도 안 했다. 그리고 형평성에도 위반돼. 공식 인터뷰 이외에는 아무하고도 얘기 못 해."

"정말 여기서 절 내쫓을 거예요?"

"협박하지 마."

"대부분의 야구팬이 제 프로그램 본다는 거 잘 아시잖아요. 전 김 감독님과 꽤 친하다고 생각해서 이번 시즌에는 이글스 이야기를 무척 많이 하려고 했는데 저한테 이러시면 안 되죠."

"끙."

"부탁 좀 할게요, 감독님. 30분만 내주면 돼요. 그리고 이강찬 선수하고 인터뷰만 주선해 주세요. 그럼 앞으로 전 감독님의 영원한 팬이 될 겁니다."

"안 된다니까!"

"그럼 이글스 구단주를 협박할까요? 그분이 저하고는 둘도 없이 친한 관계라는 거 아시잖아요."

"죽여라, 죽여!"

강찬은 샤워를 끝내고 방에 누워 텔레비전 채널을 돌리다가 전화벨 소리를 들었다.

방으로 전화가 오는 경우는 거의 없었는데 벨소리는 잘못 온 것이 아니라는 걸 증명이라도 하겠다는 듯 계속해서 맹렬하게 울려댔다.

전화는 김 감독의 것이었고 7층 커피숍으로 잠깐 나오라는 지시였다.

이런 경우는 한 번도 없었기에 강찬은 고개를 갸웃거렸다.

간단한 옷으로 갈아입은 강찬은 방에서 빠져나와 7층으로 향했다.

저녁 먹기 전까지는 호텔 피트니스클럽으로 가서 개인 훈련을 해야 하기 때문에 민소매에 반바지를 입은 편안한 모습이었다.

커피숍으로 들어서서 사방을 둘러보았으나 김 감독은 보이지 않고 대신 화려한 미모의 여자가 다가왔다.

몸 자체가 빛나는 아우라를 지닌 여자였다.

"이강찬 선수!"

"누구……?"

강찬의 눈이 휘둥그레 변했다.

정말 기가 막힌 미인이 자신을 보며 미소 짓고 있었는데 그녀가 입은 보라색 원피스가 하늘거리며 허공에서 내려앉는 것처럼 느껴졌다.

정신을 차리고 여자의 얼굴을 다시 확인한 강찬은 뒤늦게 그녀가 야구여신으로 불리는 황주희라는 걸 알 수 있었다.

참 세상 재밌고 지랄 맞다.

강찬이 황주희를 다시 보게 된 것은 작년 이글스에 신고 선수로 들어오고도 한참 후의 일이었다.

미친놈처럼 훈련하느라 텔레비전 볼 새도 없이 살았는데 시즌 중반이 훌쩍 지난 어느 날 우연히 텔레비전을 켰다가 황주희가 진행하는 '오늘의 프로야구'를 보게 되었다.

한눈에 그녀가 자신이 고등학교 때 사귀던 황주희라는 걸 알 수 있었다.

예쁘던 코와 입, 그리고 눈.

훨씬 세련되고 아름다워졌지만 자신을 좋아하던 그녀의 이목구비는 고스란히 남아 있었다.

연락을 해볼 생각조차 갖지 못했다.

자신은 그때 루저였고 그녀는 모든 팬이 사랑하는 야구여신이었으니 먼저 나서서 연락한다는 건 정말 어리석은 일이라 생각했다.

그리고 더 중요한 것은 그녀를 보고도 어떠한 감정조차 생기지 않았다는 것이다.

그녀는 프로답게 인터뷰 배경을 먼저 설명하면서 메츠전에 선발투수로 출장하는 소감과 각오를 물었고, 그동안 강찬이 퓨처스리그에서 활약한 것들을 나열한 후 재기에 성공한 것을 축하해 줬다.

개인적인 안부는 일체 제쳐 둔 채 그녀는 오직 야구에 관해서만 질문했는데 얼굴에는 야구여신답게 사람들을 매혹시키는 미소를 가득 베어 물고 있었다.

인터뷰를 하는 동안 카메라는 계속해서 돌아갔다.

고교 시절에도 인터뷰에 응한 적은 있었으나 이렇게 풀 샷으로 혼자 오랜 시간 한 적이 없었는데 시간이 어떻게 지나갔는지도 모를 만큼 그녀는 잠시의 틈도 주지 않고 이야기를 진행해 나갔다.

시간은 금방 지나갔고, 황주희는 건투를 빈다는 말과 함께 인터뷰를 마쳤다.

카메라가 꺼지고 윤수일이 장비를 챙겨 뒤로 물러서자 그때서야 황주희는 얼굴 가득 피워냈던 아름다운 웃음을 지웠다.

"오랜만이지?"

"응."

"나한테 미안한 거 없어?"

"있었지만 지금은 없다. 벌써 오래전 이야기고 모든 것이 변했으니까 새삼스럽게 그런 걸 꺼내서 미안해하기에는 너무 늦은 것 같아."

"하긴 너무 많은 시간이 지났지?"

"텔레비전에서 널 많이 봤다. 너무 예뻐서 처음에는 알아 보지 못했어."

"연락하지 그랬니."

"연락해서는 안 된다고 생각했다."

"왜?"

"넌 여신이니까."

"정말 그게 이유야?"

"사실은 겁이 났다. 모른다고 할까 봐."

"솔직하네."

"옛날에도 그랬잖아."

강찬이 풀썩 웃었다.

강찬을 대하는 그녀의 태도는 옛날이나 지금이나 변한 게 아무것도 없었다.

황주희가 따라 웃은 것은 자신도 그걸 느꼈기 때문일 것이다.

"나는 여기저기 다니면서 취재할 게 많아 오늘은 그만 가 봐야 할 것 같아. 대신 내일 시합 끝나고 보자. 이기든 지든 상관없으니까 시간 비워놔. 차 한잔해."

제7장
이글스 VS 뉴욕 메츠

정열의 일요일.

하와이의 저녁은 근래 드물게 열기로 뜨겁게 달아오르고 있었다.

저녁 6시로 예정된 뉴욕 메츠와 이글스의 연습 게임은 훈련의 일환에서 벗어나 하와이 주민들에게는 초미의 관심사로 바뀐 지 오래였다.

힐튼호텔 뒤편에 마련된 시민 구장은 시설은 잘되어 있지만 관람석은 그리 잘 정비된 편이 아니었고 의자의 숫자도 무척 적었다.

주정부에서 부랴부랴 보강하고 추가하면서 관람할 수 있는 공간을 대폭 늘렸으나 인파를 감당하기에는 처음부터 무리가 따랐다.

그래서 어렵게 결정한 것이 중계방송이었다.

비록 중계방송에 대한 노하우가 없었고 배치할 수 있는 카메라도 여력이 적었지만 부족한 야구장 관람 시설을 보완하기 위해서는 다른 방법이 없었다.

중계방송을 한다고 이틀 전부터 텔레비전과 길거리 홍보를 지속적으로 했지만 하와이 주민들은 가만히 집에 앉아서 이런 빅 경기를 볼 생각이 없는 모양이었다.

시민 구장에 사람들이 몰려들기 시작한 것은 점심시간이 지나자마자부터였다.

1시가 조금 지나면서부터 사람들이 몰려들기 시작했는데 3시가 되자 관중석은 만원이 돼서 더 이상 들어올 곳이 없었다.

"와아, 이게 무슨 일이야?"

"그러게 말입니다."

"이건 뭐 마치 월드시리즈 하는 것 같은 열기잖아. 하와이 주민들이 원래부터 이렇게 야구를 좋아했나?"

"아닐걸요."

김혁이 몰려든 관중들을 보며 의문을 표시하자 미래스포

츠의 홍재진 기자가 고개를 흔들었다.

그가 아는 하와이 주민들은 관광 수입으로 살아가는 사람들이기 때문에 편안한 일상에 최적화된 사람들이었다.

부족함이 없는 사람들은 무언가에 대한 열정으로 목을 매는 경우가 없는데 하와이 주민들의 삶이 그랬다.

하지만 지금 눈앞으로 들어온 하와이 주민들의 열정은 그 어느 곳 못지않게 뜨거웠다.

그랬기에 김혁은 시계를 바라보며 혀를 내둘렀다.

시합 개시 1시간 전인데 관중석은 더 이상 들어찰 곳이 없었고 하와이에 주재하는 미국 기자들과 한국에서 건너온 방송국과 기자들이 양편으로 나뉘어 취재를 하고 있어 이게 연습 경기인지 의심이 들 정도였다.

김혁이 눈을 치켜뜬 것은 멀리서 황주희가 카메라 앞에서 리포팅을 하는 걸 발견했기 때문이다.

"미치겠군. 재진아, CBS도 왔다."

"어디요?"

"저기."

"허어, 여신이 직접 왔네요."

"도대체 이게 말이 되냐? 아무리 메이저리그에 있는 팀과의 연습 경기라도 이건 너무한 거 아냐?"

"그러니까요. 우리 국장이 가라고 할 때 총알같이 넘어왔으니 다행이지 버티고 안 왔다면 잘릴 뻔했네요."

"그나저나 이렇게 많은 기자들이 몰렸는데 메츠한테 박살 나면 어쩌냐. 씨발, 그러면 판이 엉망으로 변하는데."

"뭘 어째요. 그때 되면 그저 연습 경기가 되는 거죠. 원래 사는 게 다 그런 거 아닙니까."

"하긴 그렇긴 하지."

"그렇게 되면 데스크에서 돈 많이 썼다고 거품 좀 물겠는데요."

"이기면?"

"오늘 출전하는 놈들 봤잖아요. 이기면 그때는 일면으로 때릴 사건이 만들어지는 거 아니겠어요? 아마 3일 정도는 충분히 우려먹을 수 있을 겁니다."

"위에서 좋아하겠지?"

"그럼요."

"귀신같은 놈."

"형님, 여신 리포팅 끝난 거 같은데 얼굴이나 보러 갈까요?"

"가봐. 난 싫어."

"형님이 안 가면 어떡해요. 그래도 형님이 가서야 반겨주죠."

"헐!"

김혁이 황당하다는 얼굴을 하자 홍재진이 슬그머니 팔짱을 끼어왔다.

어떡하든 데려가려는 수작이다.

황주희는 야구팬뿐만 아니라 기자들에게도 인기가 많았다.

예쁘기도 했지만 워낙 성격이 좋아 인사를 잘했고 한번 안면이 생기면 절대 모른 체하지 않았다.

하지만 그런 일상적인 것 말고 조금 더 친하게 지내기 위해서는 김혁이 필요했다.

김혁은 야구 판에서 오래 뒹군 베테랑답게 황주희와도 아주 친했기 때문에 그를 통하게 되면 어쩌면 옆에서 아름다운 여인의 향기를 맡으며 함께 야구를 관람할 수 있을지도 몰랐다.

장혁태 코치는 연습 투구를 위해 나서는 강찬을 바라보았다.

선발 출전에 관한 기사들이 나가기도 했지만 코치진에서는 불과 두 시간 전에서야 강찬에게 통보해 줬다.

미리 정해놓았지만 고민이 될 수밖에 없었다.

그동안 팀의 에이스를 맡고 있던 투수들을 제쳐 두고 이제 막 1군으로 올라온 강찬을 선발로 내세운다는 건 잘못하면 팀의 분위기를 나쁜 쪽으로 몰아갈 수도 있기 때문이었다.

그랬기에 어제 최고참 투수인 이일화에게 고민을 이야기하며 투수들을 설득해 달라는 부탁을 했다.

확실히 이일화의 존재는 이런 경우에 빛났다.

이제 나이가 들어 구위가 떨어지면서 과거의 명성을 차츰 잃어가고 있었으나 팀이 어려운 상황에 빠지면 정신적인 지주 역할을 톡톡히 해냈다.

투수라면 누구라도 욕심을 부릴 만한 경기였다.

시즌 경기는 아니었으나 언론의 초미의 관심사였고 호투를 하게 되면 메이저리그의 관계자에게 확실한 눈도장을 찍을 수 있는 기회였으니 에이스인 이태진을 비롯해서 많은 투수들이 코치의 결정을 기다리고 있는 상태였다.

그들은 국내 언론의 보도를 확인했으면서도 강찬이 선발로 나가는 것은 있을 수 없는 일이라며 믿지 않았다.

팀의 분위기를 위해서는 코치들이 그런 결정을 하지 않을 것이라 생각했기 때문이다.

더군다나 강찬은 이제 1군에 올라와 겨우 한 경기 던진 햇병아리 신인이었다.

검증되지도 않은 신인을 이런 큰 경기에 출전시킨다는 건 이해할 수 없는 일이었다.

그러나 이일화는 그런 선수단의 분위기를 하루 만에 바꿔

놓았다.

이 경기를 반드시 잡아야 하는 이유와 코치들의 고민을 이야기하며 선수들을 설득시켜 나갔다.

물론 반론을 제기하려면 끝이 없겠지만 투수들의 우상인 이일화에게 그들은 천천히 마음을 열고 욕심을 내려놓았다.

이일화의 설득도 있었지만 계속해서 코치진의 결정에 반기를 드는 것도 결코 신상에 좋지 못하다는 것을 잘 알기 때문이었다.

장혁태 코치가 다가가자 강찬이 투구를 멈추며 공을 글러브 속으로 밀어 넣었다.

강찬은 아직도 얼떨떨한 얼굴을 하고 있었다.

그 역시 자신이 정말로 이런 큰 경기에 출전하게 될 줄은 생각하지 못한 것 같았다.

강찬 역시 보도를 보면서 기자가 소설을 잘 쓴다고 생각했을 뿐이다.

"컨디션은 어떠냐?"

"좋습니다."

"다행이다. 흥분은 좀 가라앉았고?"

"예."

"감독님 기대가 크다. 그러니까 잘 던져."

"열심히 하겠습니다."

"오늘 경기는 너한테 맡긴다고 하셨다."

"…무슨 말씀이신지……?"

"네가 박살 나지 않는 한 바꾸지 않겠다는 뜻이다. 그러니까 오늘 마음껏 던져 봐."

장혁태 코치는 말을 마치는 것과 동시에 몸을 돌려 더그아웃 쪽으로 걸어갔다.

아직도 강찬은 그가 말한 의미를 알아듣지 못한 채 어리벙벙한 눈으로 장 코치의 등을 바라보고 있었다.

그때 공을 받아주던 임관이 뛰어왔다.

"왜 그러냐?"

"오늘 교체 없다고 하시더라."

"교체가 없다니?"

"나보고 오늘 경기 책임지래."

"그런 말도 안 되는……. 정말 그러셨어?"

"그래."

"와우, 미치겠네."

"왜 네가 그런 얼굴이야? 그건 내가 지어야 되는 표정 아니냐?"

"아무나 하면 어때, 인마. 우린 부분데."

"지랄."

강찬이 글러브로 임관의 어깨를 툭 치며 슬쩍 고개를 돌렸다.

뉴욕 메츠 쪽에서 투수가 나오는 게 보였기 때문이다.

190㎝가 훌쩍 넘는 키에 몸무게도 족히 100㎏은 넘은 것 같은 거구가 몸을 풀기 위해 연습 투구를 시작하고 있었다.

임관의 입이 열린 것은 뉴욕 메츠의 투수가 던진 공이 포수의 미트에 박힐 때였다.

"저놈이 그놈이다."

"제이든이지. 나도 안다."

"작년 13승을 한 놈이야."

"뭐야, 나 기죽으라고 하는 소리냐?"

"그럴 리가 있나. 내 말은 부담 갖지 말라는 소리야. 어차피 저 새끼는 온 세계가 알 정도로 대단한 놈이잖아."

"이놈이 꼭 말을 해도… 자존심 상하게. 그런 소리 할 거면 자리에 가서 공이나 받아."

"크크, 짜식이 계집애처럼 삐지기는."

"난 절대 기죽지 않으니까 걱정 마라. 잘 알면서 그래?"

"하긴 네 심장이 강철로 만들어져 있긴 하지. 그래도 난 아니다. 슬슬 오한이 들어. 씨발, 이러다 감기 걸리는 거 아닌지 몰라."

아직 어두워지지도 않았는데 라이트가 들어오기 시작했다.

선수들이 빛에 익숙해지게 하기 위한 주최 측의 배려인 것 같았다.

갑작스럽게 조명이 들어오면 시합에 지장을 주기 때문에 재정이 좋은 하와이의 주정부는 주민들의 관심이 뜨거운 이 경기에 전폭적인 지원을 아끼지 않고 있었다.

드디어 6시가 되어가자 연습을 마치고 더그아웃으로 들어갔던 양 팀 선수들의 모습이 보이기 시작했다.

"와아! 와아!"

거대한 함성이 터져 나왔다.

관중석을 가득 메운 하와이 주민들은 선수들이 보이자 열광적인 환호를 보냈는데 마치 축제에 온 사람들 같았다.

재수가 좋은 건지 나쁜 건지 선공은 이글스의 것이었다.

대기석에서 배트를 휘두르며 제이든의 연습 투구에 타이밍을 잡던 이문승이 심판의 콜에 의해 천천히 타석으로 다가가는 것이 보였다.

그토록 배짱 좋은 이문승이 긴장으로 얼굴이 잔뜩 굳어 있다.

나름 열심히 스윙을 하며 몸을 풀려고 노력했지만 선두 타자란 긴장을 완전히 해소하지 못한 것처럼 보였다.

"저러면 안 되는데."

"기다려 보시죠. 곧 괜찮아질 겁니다. 문승이 배짱은 국내 프로야구 선수 중 최곱니다. 곧 적응할 겁니다."

"그러면 다행이지."

장혁태 코치의 대답을 들으며 김남구 감독은 슬쩍 더그아웃에서 대기하고 있는 선수들의 얼굴을 바라보았다.

좋지가 않다.

장 코치의 대답처럼 시합이 진행되면서 긴장감이 풀릴지는 몰라도 더그아웃에 있는 선수들의 얼굴에는 웃음기가 하나도 들어 있지 않았다.

간판타자인 윤태균도 그렇고 국가대표 3인방 중 하나이자 수비의 귀재라는 정성화도 마찬가지였다.

그중 가장 심한 것은 가르시아와 니퍼슨이었다.

메이저리그에 올라갈 수 없었던 가르시아는 뉴욕 메츠의 선수들을 보자 회한에 젖은 얼굴을 하고 있고, 필라델피아에서 퇴출된 니퍼슨은 굳어질 대로 굳어진 얼굴을 하고 있었다.

그러나 결정적으로 승리하겠다고 투지를 불태우던 김남구 감독을 위축시킨 것은 바로 뉴욕 메츠의 선발로 나온 제이든이었다.

슈우욱, 팡!

인코스.

제이든이 던진 초구는 타자들이 가장 치기 어려워한다는 무릎 쪽으로 파고든 151㎞/h의 강속구였다.

그토록 배트 스피드가 빠르다는 이문승이 고목처럼 서서 공이 포수의 미트에 박힌 후에도 꼼짝도 하지 못했다.

초구부터 이런 패스트볼을 던질 것이란 예상을 전혀 하지 못한 모습이다.

1회 초에 던진 초구가 151㎞/h를 찍었다는 것은 제이든의 직구 구속이 앞으로도 전부 그 이상이라는 걸 의미했다.

그렇다고 해서 그것이 김 감독을 위축시킨 결정적인 이유는 아니었다.

국내에서도 그 정도 공을 뿌리는 놈은 당장 손으로 꼽아도 열댓 명이 넘었으니 그 정도는 충분히 감수할 만했다.

하지만 제이든이 이문승을 꼼짝하지 못하게 만들며 스탠딩 삼진으로 처리한 포크볼을 보는 순간 김 감독의 입에서는 기어코 탄식이 터져 나왔다.

마치 공이 중간에서 사라지는 것처럼 무지막지한 변화를 일으키며 떨어지던 공이 좌우로 흔들리기까지 했다.

포크볼은 분명한데 마치 커브 같기도 하고 슬라이더로 오해할 만큼 무서운 공이었다.

연이은 삼진.

제이든은 유격수를 보고 있는 박진성까지 번개처럼 빠른 패스트볼로 삼진을 잡아내고 만족스러운 웃음을 지었다.

메이저리그에서도 13승을 거두었으니 이글스의 타자들을 요리하는 건 식은 죽 먹기나 다름없었다.

삼진을 당하고 돌아서는 이글스의 타자들은 예전 마이너리그에 잠시 있을 때 마주쳤던 놈들과 비슷한 얼굴을 하고 있었다.

마이너리그에 있을 때 그는 그런 놈들을 상대로 20승을 올렸기 때문에 어깨에 들어 있던 긴장이 점점 풀어지는 것이 느껴졌다.

선발로 나오는 그에게 감독은 반드시 이겨야 되는 경기라며 최선을 다하라 부탁했다.

평상시 투수들에게 부담을 주지 않기로 유명한 클랜시 감독이 그런 부탁을 할 정도면 이 경기의 중요성이 그만큼 크다는 것이다.

이글스가 하와이에 전훈 온 팀들을 상대로 4연승을 했다는 소릴 들은 후 그런 긴장감은 더욱 커졌다.

대한민국에 프로야구가 있고 올림픽이나 월드베이스볼에서 괜찮은 성적을 올렸다는 것도 미리 알고 있었기 때문에 슬쩍 어깨가 굳어지기까지 했다.

두 타자를 연속으로 삼진으로 잡아내자 긴장감 대신 자신감이 피어올랐는데 이글스 선수들이 이 정도밖에 되지 않는다면 한 개의 안타도 허용하지 않을 수 있겠다는 생각까지 들었다.

하지만 그런 자신감이 실투를 유발하고 말았다.

국가대표에서도 3번을 도맡아 칠 정도로 타격 센스가 뛰어난 정성화는 한복판으로 들어오는 패스트볼을 받아쳐 좌익수를 빠져나가는 3루타를 만들어냈다.

펜스 상단을 맞출 만큼 커다란 타구였는데 바운드가 이상하게 튕겨나갔기 때문에 좌익수가 헤매는 동안 발이 빠른 정성화는 순식간에 3루까지 파고들었다.

연속된 삼진으로 열광에 빠져 있던 관중석이 일순간에 조용해졌고, 제이든의 얼굴이 시뻘겋게 달아올랐다.

단 한 번의 실투로 실점 위기에 몰리자 그의 여유 있던 얼굴은 단박에 일그러졌다.

윤태균은 천천히 타석으로 들어서서 제이든을 바라보았다.

긴장은 된다. 그러나 두려운 건 아니다.

작년 시즌 타격 랭킹 3위에 오를 만큼 정교한 타격 솜씨와 상대의 숨통을 단박에 끊어놓을 수 있는 장타력까지 골고루 갖춘 그를 보고 야구팬들은 도살자란 별명까지 지어주었다.

주자가 득점 포지션에 갔을 경우 그는 팀 배팅을 통해 어떤

식으로든 타점을 올리는 능력을 가졌기 때문이다.

도살자란 별명이 어울릴 정도로 대단한 타점머신이다.

윤태균은 타석에 들어서기 전 두 번의 빈 스윙을 힘차게 한 후 타석에 서서 제이든의 오른팔을 바라보았다.

놈의 무기는 강력한 패스트볼과 포크볼이다.

더그아웃에서 지켜본 결과 두 가지 구질을 반반씩 섞어서 던지고 있었다.

포크볼은 체인지업의 일종이기 때문에 힘의 소모를 줄이기 위해서 최대한 활용하는 것으로 보였다.

그런데 문제는 포크볼이 무척 위력적이라는 것이다.

커브처럼 툭 떨어지면서도 횡으로도 변하기 때문에 맞추는 게 힘들 거란 생각이 들었다.

타석에 들어서서 다시 한 번 빈 스윙을 한 후 놈이 공을 던지길 기다렸다.

직구를 잡는다.

어차피 놈의 구속은 아직 150㎞/h 초반에서 머물고 있을 테니 직구를 노리면 승부가 가능했다.

그럼에도 쉬운 건 아니었다.

직구를 노린다고 해도 단 한 번의 기회가 있을 뿐이니 잠시라도 집중하지 않으면 안 되었다.

2스트라이크까지 몰린다면 직구만 기다리는 것이 어려워

지기 때문이다.

어느 코스로 들어와도 직구라면 무조건 배팅한다는 마음으로 기다릴 때 제이든이 와인드업을 시작했다.

숨을 고르고 배트를 굳게 잡았다.

묘하게 떨리는 심장.

놈의 자세만 보고도 직감적으로 직구라는 생각이 들었다.

쐐애액.

바깥 코스 높은 직구.

배트를 뒤로 슬쩍 밀었다가 가차 없이 날아온 공을 향해 내밀었다.

강력하게 받아칠 이유가 없었다.

홈런을 칠 생각은 아니었으니 정확하게 맞춰서 내야만 넘어가는 타구만 날려주면 평균 도루 30개 이상을 기록하는 정성화의 능력으로 봤을 때 무조건 홈 승부가 가능했다.

역시 무서운 놈이다.

타이밍만 잡고 정확하게 공만 임팩트를 했는데도 배트가 뒤로 밀리는 것이 느껴졌다.

메이저리그에서 13승을 기록했다고 하더니 패스트볼도 마지막 순간에는 변화를 일으켰다.

그나마 다행인 것은 자신의 힘이 밀리는 배트를 끝까지 받쳐 주며 공을 때려냈다는 것이다.

공이 외야로 날아가는 것을 보면서 윤태균은 희미한 웃음과 함께 1루로 달렸다.

멀리 뻗지 못한 공은 좌익수 앞에서 툭 떨어지는 안타가 되었다.

빗맞은 행운의 안타.

메츠의 좌익수는 홈 승부를 위해 공을 뿌리지도 못했다.

그가 공을 잡고 송구 자세를 취했을 때 정성화는 벌써 스타트를 끊고 홈으로 반쯤 들어오고 있는 상태였다.

"아싸!"

침을 꿀꺽 삼키며 지켜보던 장혁태 코치가 손을 번쩍 들며 만세를 불렀다.

제이든이 워낙 강력한 공을 던지고 있었기 때문에 잔뜩 긴장하고 있었는데 팀의 정신적인 지주이자 타점머신인 윤태균은 실망시키지 않고 득점을 성공시키는 안타를 날려주었다.

"야, 쪽팔린다. 팔 내려라."

"쪽팔리긴요. 원래 사람은 좋으면 이렇게 하는 겁니다."

"카메라 돌아가고 있잖아. 경기가 끝난 것도 아닌데 만세까지 부르고 그래."

"감독님은 안 좋으세요?"

"좋지. 그래도 카메라 돌아갈 때는 원래 포커페이스를 유지해야 하는 거야. 그래야 멋있게 보이거든."

"참나, 기가 막히네요."

"어허, 그렇게 반응하면 내가 감독 못 해먹지. 이럴 때 카리스마 팍팍 풍겨야 뭔가 있어 보인다고."

"알았습니다. 알았어요. 그런데 이게 뭔 일이랍니까. 1회에 벌써 점수가 나다니요. 저놈 저거 얼빠진 거 보세요."

장혁태가 제이든을 가리키자 김남구 감독이 여전히 팔짱 낀 모습을 유지하면서 슬며시 웃음을 떠올렸다.

어떻게든 카리스마를 유지하고 싶었지만 제이든의 모습을 보자 자신도 모르게 웃음을 참을 수 없었던 모양이다.

제이든은 계속해서 뭔가를 중얼거리며 발로 마운드의 흙을 파내고 있었다.

얼마나 열심히 파는지 땅 파는 기계 백호우를 연상시킬 정도였다.

"열 받을 거야. 우습게 알고 나왔을 테니 말이야."

"그렇겠죠."

"이번 경기 이기면 오늘 저녁에 성화 맥주 한 잔 사줘야겠다. 완전 귀여운 놈이야."

"컨디션이 최고니까 이번 시즌에는 작년과 다를 겁니다. 작년에는 계속해서 부상에 시달려서 성적이 좋지 못했지만 요새 펄펄 날고 있어요."

"정 코치한테 관리 잘하라고 했어. 부상만 조심하면 올해는 정말 잘해줄 거다."

"그럼요."

"하여간 메이저리그에서 방방 난다고 하더니 대단한 위력이다. 가르시아가 못 맞추는군."

"저놈이 우리나라에 오면 최소 18승은 할 겁니다. 패스트볼도 패스트볼이지만 포크볼의 위력은 엄청나군요."

"그래도 다행이네. 삼진은 안 당해서."

가르시아가 유격수 앞 땅볼을 쳐 놓고 육중한 몸매를 이끌며 열심히 뛰는 걸 본 김남구 감독이 자리에서 일어나 더그아웃을 나섰다.

그가 걸어간 곳은 강찬이 몸을 풀고 있는 연습 마운드 쪽이었다.

"강찬아!"

"예, 감독님."

"저놈이 제이든이란다. 알지?"

"예, 압니다."

"그런데 생각보다 별로다. 저놈을 성화가 두들겨 패서 벌써 점수를 냈다. 내 말 무슨 뜻인지 알겠어?"

"……"

"1회부터 점수를 냈다는 건 언제라도 추가 득점을 올릴 수 있다는 얘기다. 저놈 공은 우리 이글스 타자들이 충분히 공략 가능하다는 거지."

"…예."

"그러니까 걱정 말고 마음껏 던져 봐. 네 공이면 저놈들 다 박살 낼 수 있을 거다."

"예, 감독님."

"잘해라."

김남구 감독은 말을 마치며 강찬의 등을 두들겨 주고는 더 그아웃으로 돌아갔다.

강찬은 그의 등을 바라보며 슬며시 미소를 떠올렸다.

긴장을 풀어주기 위해 온 게 분명했다.

거짓말이란 걸 뻔히 알면서도 그저 고개만 끄덕인 것은 그의 마음이 너무나 고마웠기 때문이다.

자신이 본 제이든의 구질은 너무나 위력적이고 입이 떡 벌어질 정도로 강력했으니 언제든 점수를 올릴 수 있다는 김 감독의 말은 뻥이었다.

어깨를 좌우로 비튼 후 마운드를 향해 걸어갔다.

관중석에서 하와이 주민들의 야유가 격하게 튀어나왔다.

그들은 아무런 이유 없이 강찬이 이글스의 투수란 사실 하나만으로 적대감을 보여주고 있었는데 1회부터 점수를 뺏긴 것에 대한 거부 반응으로 보였다.

마운드에 선 강찬의 얼굴이 긴장으로 굳어졌다.

관중들의 반응 때문이 아니었다.

상대는 메이저리그의 강팀 뉴욕 메츠였고 전 세계에서 난다 긴다 하는 최고의 타자들이 즐비했기 때문이다.

비록 메츠의 간판타자 타이 콥이 나오지 않았지만 그럼에도 불구하고 메츠의 타자들은 당장 국내 무대에 갖다 놓으면 전부 3할 이상을 때려낼 수 있는 능력을 가진 선수들이었다.

대단한 능력을 지닌 타자들을 상대로 공을 던져야 한다는 건 투수로서는 엄청난 부담감으로 다가올 수밖에 없었다.

하지만 그런 부담감은 마운드에 올라와 다섯 개의 연습 투구를 마치자 거짓말처럼 사라져 갔다.

대신 그의 가슴에 들어차기 시작한 것은 불같은 투지였다.

괴로웠던 삶, 죽음과도 같은 고통, 능력이 없어 사랑하는 사람을 보내야 했던 슬픔.

그 모든 것을 지우고 새롭게 인생을 살기 위해서는 메츠를 반드시 이겨야 했다.

자신을 이 자리에 서게 만들어준 김남구 감독과 장혁태 코치를 위해서라도 반드시 이기고 싶었다.

메츠의 1번 타자 히메네스는 멕시코에서 넘어와 7년 전 메츠에 입단한 선수로 평균 36개의 도루를 기록했고 타율도 3

할 2푼이 넘었다.

내년에 FA 자격을 획득하는데 메츠에서는 벌써부터 반드시 잡겠다고 공언할 정도로 대단한 능력을 지닌 타자였다.

그가 보이는 부챗살 타구는 어떤 구질과 코너도 쳐 낼 수 있다는 걸 보여주는 단적인 예였다.

강찬은 심판의 손이 내려오는 걸 확인하고는 천천히 다리를 끌어 올렸다.

축을 지탱하는 오른쪽 다리가 완벽하게 지면을 받쳤고 왼쪽 다리는 가슴을 치면서 체중을 왼편으로 이동시켰다.

고개는 수평을 이루고 꼬여졌던 놈이 팽이처럼 돌며 뒤로 물러났던 오른팔이 앞으로 나섰다.

공은 그런 과정을 거쳐 최정상부에서 강찬의 손을 떠나 껌을 질겅질겅 씹고 있는 히메네스의 옆구리를 향해 날아갔다.

피하지 않으면 맞을 것 같은 투구.

그러나 히메네스는 꼼짝도 않고 지켜보다가 자신의 몸으로 근접하던 공이 변하면서 바깥쪽으로 흘러나가자 날카롭게 배트를 돌렸다.

타이밍이 조금 늦었기 때문에 다행스럽게 파울이 되었으나 강찬은 글러브로 얼굴을 가리고 한숨을 몰래 뿜어냈다.

확실히 대단한 놈이다.

지금까지 상대한 어떤 타자도 방금 던진 공에 전부 뒤로 물러나며 타격할 자세조차 취하지 못했다.

그런데 피하지 않고 맞추기까지 했다.

비록 파울이 되었지만 자칫 안타를 맞을 뻔할 정도로 위험했다.

임관의 사인이 요란하게 움직였다.

놈도 나름대로 그동안 효과를 본 슬라이더가 커팅당하자 고민이 많아진 모양이었다.

결국 정해진 것은 커브였다.

방금과 비슷한 코스지만 커브로 땅바닥에 거의 처박히는 볼을 던질 생각이다.

궤적은 절묘하게 움직였으나 히메네스의 배트는 따라 나오지 않았다.

그의 눈은 공의 변화를 끝까지 지켜보다가 급격하게 떨어지자 내밀던 배트를 회수해 버렸다.

메이저리그 톱클래스의 타자 능력이 어떤지를 단적으로 보여주는 선구안이었다.

아직 몸이 덜 풀렸지만 이대로 변화구만 던졌다가는 안타를 맞을 확률이 높아질 거란 판단이 들었다.

115㎞/h에서 130㎞/h를 넘나드는 변화구는 계속해서 던지면 금방 눈에 익게 된다.

속도의 편차가 낮을수록 공의 구질이 쉽게 구분되고 변화의 각도에 따라 스트라이크인가 아닌가를 판단해 내기가 쉬워진다.

그랬기에 위험을 감수하고라도 패스트볼을 던져야 했다.

아직 어깨가 덜 풀렸지만 당장 던져도 140㎞/h 후반은 나올 것이다.

히메네스의 웃음이 께름칙했지만 강찬은 고개를 좌우로 꺾은 후 마주 웃어주었다.

네 웃음이 자신감에서 비롯된 것이란 걸 안다.

하지만 곧 그 웃음을 네 얼굴에서 지워주마.

두 개의 공을 인코스로 던졌기 때문에 강찬이 패스트볼을 구사한 것은 아웃코스였다.

파앙!

공이 미트로 박혀들어 가는 소리가 경쾌하게 울렸지만 강찬은 온몸이 싸늘하게 식어버리는 섬뜩한 기분을 느꼈다.

히메네스가 강력한 풀스윙을 했기 때문이다.

머리도 좋은 놈이다.

웃음을 흘려 상대로 하여금 정신을 혼미하게 만들어놓고 직구를 기다린 모양이었다.

다행스럽게 헛스윙으로 그쳤으나 잘못했으면 큰 것을 맞

을 뻔했다.

시합에 들어오기 전 평소보다 많은 공을 던졌기 때문인지 생각보다 직구의 스피드가 괜찮았다.

148km/h.

전광판에 찍힌 구속을 확인하고 강찬은 심호흡을 길게 했다.

이제부터가 진짜 승부다.

놈의 눈이 직구를 확인했으니 지금부터 서서히 자신의 주무기인 변화구가 위력을 발휘하기 시작할 것이다.

회가 거듭될수록 패스트볼의 구속은 증가한다.

그렇게 되면 자신의 변화구는 언터처블로 변하게 되기 때문에 3회까지만 조심하면 선취점을 얻은 이상 이 경기를 잡을 가능성은 점점 커질 것이다.

로진백을 집어 들고 임관의 사인을 확인했다.

놈이 원하고 있는 것은 의외로 인코너 높은 쪽의 직구였다.

고개를 흔들려고 하다가 멈칫했다.

임관의 판단이 맞을 수도 있겠다는 생각이 들었기 때문이다.

히메네스가 작정을 하고 변화구를 노리는 중이라면 커브든 슬라이더든 맞을 가능성이 컸다.

그랬기에 의표를 찌르는 임관의 사인을 거부하지 않고 고개를 끄덕인 후 땅으로 로진백을 던졌다.

직구 승부, 괜찮은 선택이다.

하지만 그 판단이 잘못된 것이란 걸 아는 데는 그리 오랜 시간이 걸리지 않았다.

히메네스가 기다리고 있는 것은 변화구가 아니라 직구였고, 워낙 정확하게 임팩트를 했기 때문인지 공은 우익수 앞에 떨어지는 안타가 되었다.

"와아!"

관중석에서 폭탄이 터지는 것과 비슷한 함성이 울려 나왔다. 히메네스는 빠른 발을 이용해서 2루 쪽으로 움직이다가 정확한 중계 플레이를 확인하고 다시 1루로 돌아갔다.

"이런 젠장……."

자신도 모르게 욕설이 튀어나오는 걸 간신히 참았다.

침이 썼다.

타구의 방향을 좇아 돌아섰던 몸을 돌리자 임관이 포수석에서 일어나 망연자실한 표정으로 서 있는 게 보였다.

허탈한 웃음이 흘러나왔다.

맞고 싶어서 던지는 투수가 어디에 있을까.

그건 포수도 마찬가지였으니 임관의 마음도 자신과 다를게 하나도 없을 것이다.

노아웃에 1루.

1번 타자에게 안타를 얻어맞았기 때문에 기분이 좋지 않았지만 위기는 이제 시작에 불과했다.

더군다나 주자가 히메네스다.

임관의 도루 저지 능력은 꽤 좋은 편이지만 히메네스를 막기는 쉽지 않을 것 같았다.

메츠의 2번 타자인 헤밀턴은 처음부터 번트 자세를 취하지 않고 적극적인 타격을 해왔다.

국내 야구는 노아웃인 경우 번트를 해서 주자를 득점 포지션에 가져다 놓는 것이 일반적이었으나 헤밀턴은 전혀 번트 댈 생각이 없어 보였다.

하긴 생각해 보면 당연한 일인지도 몰랐다.

주자가 히메네스이니 번트로 아웃 카운터를 늘려놓는다는 건 비효율적인 공격 패턴이다.

초구부터 뛸 거란 생각을 안 했기에 좌측으로 툭 떨어지는 슬라이더를 구사했는데 히메네스는 기다렸다는 듯 즉각 도루를 시도했다.

임관이 공을 캐치하자마자 완벽하게 송구했으나 히메네스의 손은 여유 있게 2루를 찍고 있었다.

확실히 빠르다.

더군다나 투구 폼을 지켜보다 스타트 타이밍을 끊는 능력은 가히 발군이어서 정확히 송구가 되었음에도 세이프가 되었다.

히메네스는 도루를 성공시킨 후 타이밍을 걸고 장갑과 보호 장비를 풀어 코치에게 넘겨주며 강찬을 향해 웃음을 날려왔다.

"씨발 놈!"

참으려 했으나 자신도 모르게 욕이 튀어나왔다.

투수의 멘탈을 무너뜨리는 데는 최고의 방법일지 모르나 왠지 야비하게 느껴져 강찬은 침을 뱉어내고 더 이상 쳐다보지 않기 위해 고개를 돌렸다.

이제 정말 어려워졌다.

노아웃에 주자가 2루에 있다면 최소 1점은 준다는 각오를 하고 던지는 것이 정신 건강에 좋다.

괜히 저렇게 빠른 주자를 루상에 놓고 실점을 하지 않기 위해 유인구를 던지다가 포볼로 주자를 내보내게 되면 위기가 점점 커지게 된다.

어떤 수를 쓰든 정면승부를 통해 위기를 극복하는 것이 최선의 방법이었다.

그렇다고 해서 빤히 보이는 정면승부는 바보 같은 짓이다.

포볼을 주지 않겠다는 것이지 안타를 맞겠다는 뜻은 아니었으니 최대한 어려운 코스로 승부를 봐야 한다.

1볼 노 스트라이크.

타자가 충분히 기다렸다면 어려운 승부가 되겠지만 헤밀턴은 그렇게 하지 않았다. 그는 첫 타자에게 안타를 얻어맞은 강찬의 공을 우습게 본 모양이었다.

강찬은 볼과 스트라이크 경계를 오고 가는 코너워크를 구사하며 직구와 변화구를 번갈아 던졌다.

헤밀턴은 몸 쪽 직구는 그대로 보내고 커브를 노렸으나 헛스윙을 했다.

순식간에 볼카운트는 2스트라이크 1볼.

강찬은 볼카운트가 유리하게 변하자 팽팽하던 호흡을 슬며시 풀어놓으며 글러브로 입을 가렸다.

여유가 생긴 이상 섣불리 승부를 가져갈 필요가 없었다.

임관은 여러 가지 사인을 마구 흘려냈으나 결국은 바깥쪽 슬라이더를 선택했다.

스트라이크존에서 급격히 외곽으로 빠져나가는 터무니없는 볼에 헤밀턴의 배트가 따라 나온 것은 방금 전 던진 세 번째 공이 인코스로 오다가 툭 떨어지며 무릎 높이에서 스트라이크존을 통과했기 때문일 것이다.

그럼에도 타격 타이밍은 기가 막혔다.

휘어나가는 공에 허리가 빠진 상태에서 배트를 내밀면서

도 헤밀턴은 메이저리그를 주름잡는 타자답게 공을 정확하게 걷어냈다.

데굴데굴 굴러가는 공.

1루수가 잡아냈으나 선행 주자를 잡기는 어려울 정도로 느린 공이었고 코스도 좋지 않았다.

다행스럽게 타자는 잡아냈으나 주자는 3루까지 진출해서 여전히 기분 나쁜 웃음을 흘리며 껌을 질겅질겅 씹고 있었다.

1아웃에 3루.

아웃 카운트를 하나 잡았지만 그렇다고 좋은 상황은 결코 아니었다.

내야수 정면 땅볼만 아니라면 타격이 되는 순간 점수를 잃을 가능성이 컸다.

아쉬웠다.

패스트볼만 살아나 준다면 해볼 만할 텐데 아직 직구는 150km/h을 넘지 못하고 있었다.

운이 좋았던 걸까.

메츠의 3번 타자는 눈에 뭐가 홀렸는지 아니면 노리고 들어왔는지 강찬이 초구로 던진 변화구를 공략했다.

따악!

맞는 순간 눈이 질끈 감겼다.

정확하게 임팩트된 공이 라인드라이브로 날아갔기 때문

이다.

그러나 타구는 2루수를 보고 있는 정성화의 글러브로 그림처럼 빨려들어 갔고, 히메네스는 3루에서 꼼짝도 하지 못했다.

"휴우."

한숨이 저절로 흘러나왔으나 강찬은 로진백을 들어 올려 손에 묻힌 후 공을 받아 들었다.

직구에 대한 부담감으로 커브와 슬라이더가 흔들렸다.

변화구는 조금씩 손끝에서 벗어나고 있었는데 타자들은 그 약점을 정확하게 공략하며 공을 쳐 내고 있었다.

아마 자신도 모르게 긴장하고 있던 모양이다.

많은 연습 투구로 어깨가 거의 풀렸다고 생각했는데 히메네스에게 안타를 맞고 나자 조금씩 힘이 들어가면서 각도가 미세하게 완만해졌다.

"아이고, 살 떨리는군. 역시 메이저리그에서 놀던 놈들이라서 그런가, 타격이 대단하네. 이건 꼭 검객이 상대의 모가지를 자르는 것처럼 휘두르잖아."

"말을 해도 꼭. 재진아, 여기에 여신 계시다. 우리 예를 들어도 수준 높은 걸로 하자."

"흡, 조심하겠습니다."

1회부터 강찬이 위기에 몰리자 홍재진이 너스레를 떨다가 김혁이 눈총을 주자 급히 입을 닫았다.

그들 옆에서는 황주희가 긴장된 눈으로 경기를 보고 있었는데 타구가 2루수에게 잡히자 안도의 한숨을 흘려내고 있었다.

"그나저나 주희 씨, 너무 긴장하는 거 아냐?"

"그러게 말이에요. 왜 이렇게 긴장되는 거죠?"

"분위기 때문인가. 저놈들 난리 났군."

김혁이 눈을 돌리자 수많은 관중들이 벌떡 일어났다가 주저앉는 것이 보였다.

관중석을 가득 채운 하와이 주민들의 입에서는 잘 맞은 타구가 야수 정면으로 걸리자 안타까운 함성이 흘러나오고 있었다.

그들은 자신의 홈팀을 응원하는 것처럼 일방적으로 메츠를 응원하고 있었다.

황주희의 입이 다시 열린 것은 메츠의 4번 타자가 타석으로 들어서는 것을 확인한 후였다.

그녀는 야구 세계에 사는 여신답게 그에 대한 정보를 정확하게 알고 있었다.

"저스틴 로즈가 나오는군요. 점점 힘들어지는데요."

"잘 넘겨야지. 저놈은 펀치력은 대단하지만 의외로 삼진이 많아. 강찬의 변화구 정도면 승부가 가능할지도 몰라."

"이강찬 선수의 변화구는 괜찮지만 패스트볼의 구속이 너무 안 나오고 있어요. 제가 알기로는 155㎞/h까지 찍은 걸로 알고 있는데 잘못 안 건가요?"

"내 눈으로 직접 봤어요. 저 친구 직구는 150㎞/h를 충분히 넘어요. 그리고 구속이 올라갈수록 떠올라서 타자들이 쳐 내기가 무척 어렵습니다."

"직접 보셨다고요?"

"예. 나이츠전에 갔었거든요."

"그런데 지금은 왜 그렇죠?"

"그건 나도 잘 모르겠어요. 컨디션이 안 좋은 것 같기도 하고……."

홍재진이 말을 흐리는 사이 강찬이 던진 직구를 로즈가 받아치는 것이 보였다.

공은 빗맞았지만 3루수의 키를 훌쩍 넘어 펜스까지 데굴데굴 굴러가고 있었다.

행운의 안타.

3루에 있던 히메네스가 여유 있게 홈을 밟았고, 2루까지 진출한 로즈가 계면쩍은 표정으로 장갑을 벗고 있었다.

한 번은 운이 좋아 야수 정면으로 날아간 공이 이번에는 빗맞으면서 2루타로 연결되었다.

사람 일은 알 수 없다더니 행운과 불운이 번갈아 찾아오며 정신을 흔들어댔다.

양손을 꽉 잡은 채 강찬이 로진백을 집어 드는 걸 지켜보던 황주희의 얼굴이 흔들렸다.

괴물투수의 출현이라는 센세이셔널한 소식을 듣고 하와이까지 날아왔는데 현실은 전혀 소문과 다르게 나타나고 있었다.

기대가 컸기 때문일까, 아니면 강찬의 모습이 불쌍해 보였기 때문일까, 그녀의 입에서는 안타까운 한숨이 연신 흘러나왔다.

"역시 안 되는 걸까요?"

"작년 동부 리그 1위 팀이야. 에이스인 제이슨 브라운하고 수위 타자인 타이 콥이 안 나왔을 뿐이지 이 정도 라인업이면 주전이 모두 나온 거나 마찬가지야. 너무 큰 기대는 갖지 마."

"그래도 너무 빨리 무너지지 않았으면 좋겠어요."

김혁의 대답을 들은 황주희의 한숨이 더욱 깊어졌다.

어쩌면 당연한 사실인데 자신도 모르게 떠도는 소문 때문에 너무 큰 기대를 가졌는지도 모른다.

만년 하위 팀 이글스와 작년 메이저리그 디비전 시리즈 진출 팀과의 경기였으니 사실 결과는 정해진 것이나 다름없었다.

한때 사귀던 남자.

야구 선수의 생명을 잃고 방황하다가 극적으로 재기에 성공한 사내.

이미 과거의 지나간 일이었으나 그 남자의 오래전 여자 친구로서 잘 던져 주기를 간절히 바란 것이 현실을 외면하게 만든 원인이 된 건지도 모른다.

따악!

김혁과 대화를 나누는 사이 5번 타자인 돈 카터의 배트가 힘차게 돌아가면서 공이 새까맣게 공중으로 떠오르는 것이 보였다.

관중들이 함성과 함께 전부 일어섰고, 김혁과 홍재진도 안타까운 탄식을 지르며 따라서 일어났다.

그녀도 따라 일어섰다.

여기서 홈런을 맞으면 이강찬은 더 이상 버티지 못하고 강판을 당할 가능성이 컸기 때문에 공을 바라보는 그녀의 시선은 안타까움이 가득 들어 있었다.

그러나 다행스럽게도 새까맣게 날아가던 공이 더 이상 뻗지 못하고 펜스 앞에서 우익수의 글러브로 빨려들어 갔다.

심장을 떨리게 만드는 타격.

돈 카터가 때려낸 공은 3미터만 더 날아갔어도 홈런이 될 정도로 커다란 타구였다.

공수 교대.

길었던 1회 말이 끝나고 이글스의 야수들이 더그아웃으로 들어오는 걸 보며 김혁이 고개를 흔들었다.

단 1회만 봐도 쉽지 않은 경기가 될 것 같았다.

이런 상태로 경기가 진행되면 프로야구 전문기자의 눈으로 봤을 때 이글스가 무조건 진다.

김혁의 예측대로 경기는 어렵게 진행되었다.

1회에 선취점을 내준 제이든은 특유의 패스트볼과 포크볼을 적절히 구사하며 이글스의 타선을 완전 봉쇄하기 시작했다.

반면 강찬은 2회 말 수비에서 안타와 볼넷을 내주며 2사 1, 2루의 위기를 간신히 넘겼고, 3회에 들어와서도 히메네스와 헤밀턴에게 안타를 얻어맞았다.

천만다행으로 4번 타자인 저스틴 로즈가 나쁜 볼을 건드려 2루수 정면으로 가는 병살타를 쳐 줬기 때문에 위기를 넘겼지 그렇지 않았다면 대량 실점으로 이어질 뻔했다.

위태위태한 경기.

언제 어떻게 터질지 알 수 없으니 국내에서 날아온 기자석은 분위기가 완전히 가라앉아 버리고 말았다.

여기저기서 터져 나오는 한숨.

이번 경기에서 이글스가 지게 되면 하와이까지 비싼 돈을 주고 날아온 보람이 없어진다.

만년 꼴찌 팀인 이글스의 일상이나 취재하려고 날아온 게 아니기 때문에 그들에게는 이 경기가 무척이나 중요했다.

전 국민의 관심을 불러일으켜 놓고 몇 줄 안 되는 단신으로 처리한다는 건 기자로서 절대 하고 싶지 않은 일이었다.

그들 중에서도 김혁은 더욱 그랬다.

거의 특종처럼 이번 경기에 관한 기사를 제일 먼저 터뜨렸기 때문에 그는 이글스가 이 경기를 이겨주길 간절히 바라고 있었다.

하지만 그의 바람은 이루어질 것 같지 않았다.

3회가 끝나고 이글스의 4회 공격으로 들어갔으나 제이든의 구위는 여전히 위력적이었기 때문에 이글스는 1회 초에 2안타를 뺏어낸 후 지금까지 진루조차 하지 못하는 빈공에 허덕였다.

간단한 삼자범퇴.

1회에 제이든을 당황스럽게 만들었던 이글스의 클린업트리오가 제대로 힘 한번 써보지 못하고 차례대로 물러났다.

야구 기자를 하는 동안 많은 경기를 보면서 투수의 구위에 눌린 경기도 셀 수 없이 봤지만 이렇게 화가 나는 경우는 처음이었다.

워낙 간절하게 이겨주길 바랐기 때문인지 몰라도 가르시아가 신경질적인 반응을 보이며 더그아웃으로 들어갈 때는 욕이 저절로 나왔다.

"저 바보 같은 놈. 뭘 잘했다고 신경질을 부려?"

"답답해서 그럴 겁니다."

"그래도 그렇지, 저런 놈은 인성이 글러먹어서 저런 짓을 하는 거야. 못 쳐도 팀을 욕 먹이면 안 되는데 저놈은 서슴없이 저런 짓을 하잖아."

"맞는 말씀입니다. 그나저나 저놈, 정말 대단하네요. 이글스 타자들이 꼼짝을 못하잖습니까."

"메츠의 에이스야. 당연한 거 아니겠어?"

"우리가 너무 기대를 크게 한 걸까요?"

"기대를 하긴 했지. 마이너리그 팀들을 이겼다고 너무 일찍 샴페인을 터뜨린 걸지도 모르겠다."

"힘들겠죠?"

"당연하지. 3회밖에 안 지났는데 벌써 5안타를 맞았으니 이대로 가다가는 얼마나 두들겨 맞을지 모르겠다. 씨발, 이거 데스크에 뭐라고 변명할지 고민이네."

김혁의 얼굴이 우그러질 대로 우그러졌다.

옆에 있는 홍재진은 데스크의 성화에 의해 어쩔 수 없이 건

너온 케이스지만 그는 국장을 거의 협박하다시피 해서 왔기 때문에 특종을 터뜨리지 못하면 얼굴을 들고 다닐 수 없는 형편이다.

여기에 몰린 이십여 명의 기자 중에는 자신과 비슷한 처지에 몰린 놈들도 꽤 있을 것이다.

원래 기자들은 특종이 있을 거란 판단이 서면 물불 안 가리고 일단 저지르고 보기 때문에 데스크의 말에 고분고분 따르지 않는 경우가 많다.

하지만 그런 고집은 아무것도 건지지 못했을 때 바람 빠진 풍선처럼 언제 그랬냐는 듯 쭈그러들게 마련이고 시말서를 써서 국장의 책상에 고이 올려놔야 해결되곤 했다.

시합에 열중하느라 옆 사람의 답답한 마음을 몰랐는지 홍재진은 계속해서 질문했는데 김혁만큼은 아니지만 그 역시 이 상황이 마땅치 않은 모양이었다.

"이강찬은 아무래도 이번 회를 넘기지 못할 것 같아요. 안타 하나만 맞으면 이태진이나 송우진을 내보내지 않을까요?"

"김 감독이 욕심을 부린다면 그럴 수도 있겠지. 이 경기에 대해서 어떤 생각을 가지고 있느냐에 따라 달라질 거야."

"형님이 생각하기엔 어떤데요?"

"그걸 왜 나한테 물어?"

"형님은 김 감독하고 친하잖아요. 전번에 단독 인터뷰해서 특종 때린 거 모를 거라 생각한 모양인데 아는 사람은 다 압니다."

"단독 인터뷰는 무슨… 밥 먹다가 잠깐 이야기 나눴을 뿐인데."

"헐!"

"어쨌든 내 생각에는 김 감독이 욕심을 부릴 것 같긴 해. 아마 이번 회에 이태진을 올릴 것 같다."

"왜요?"

"포기하고 싶지 않을 거야. 이번 경기를 이기면 김 감독도 얻는 게 많거든. 그러니까 힘들겠지만 최선을 다하지 않겠어?"

"뭘 얻는데요?"

"기업 홍보, 그리고 구단의 지원, 언론의 관심 집중, 메이저 리그 팀을 꺾었다는 자부심. 어때, 이 정도면 충분하지 않아?"

"그거면 충분하고도 남죠."

"그러니까 말이지, 분명 이태진이 올라올 거야."

"고동식이도 몸 풀고 있는데요?"

"이태진마저 터지면 그때 올릴 수도 있겠다."

김혁이 피식 웃으며 대답한 후 수비를 위해 마운드에 나온 강찬을 향해 눈을 돌렸다.

괜히 바라만 봐도 불쌍했다.

그렇게 힘들게 재기했는데 하필이면 메이저리그 팀을 만나 박살 나고 있으니 보면서도 마음이 안 좋았다.

이왕이면 이강찬이 메츠를 박살 내주기를 바랐다.

물론 특종이 달렸기 때문에 그런 부분도 있지만 이강찬은 인간적으로 동정이 가는 놈이었다.

투수가 마운드에 서자 타자가 들어섰다.

타석에는 첫 타석에서 거의 홈런성 타구를 날린 돈 카터가 위압적으로 배트를 휘두른 후 타석으로 들어오고 있었다.

강찬은 4회에 들어서며 어깨가 완전히 풀렸다는 것을 느꼈다.

3회서부터 조금씩 풀리더니 4회에 들어 두 개의 연습 구를 던지자 공이 살아서 움직이기 시작했다.

메츠의 5번 타자 돈 카터는 키가 그리 크지 않았지만 완벽하게 균형 잡힌 몸매를 지니고 있어 마치 차돌처럼 단단해 보였다.

1회에서 본 것처럼 조금 빗맞아서 높이 떴는데도 펜스 앞까지 공을 보낼 정도로 펀치력이 뛰어난 타자였다.

강찬은 심호흡을 길게 뿜어냈다.

3회가 끝나고 들어갔을 때도 감독님이나 코치들 중에서 그를 바라보거나 말을 거는 사람은 아무도 없었다.

그럼에도 느낌이 왔다.

절대 바꾸지 않겠다는 감독님의 말은 더그아웃의 분위기로 봤을 때 사실로 여겨졌다.

연신 얻어맞았기 때문에 위축되었던 마음은 자신이 부담을 느낄까 봐 눈조차 마주치지 않는 코치진과 선수들을 확인하자 천천히 펴졌다.

메츠가 동부 리그 1위 팀이고 강타자가 즐비하다는 걸 이제는 충분히 인정할 만했다.

긴장감과 부담감으로 어깨가 굳어 제구가 조금 흔들렸지만 다른 팀이었다면 이 정도로 얻어맞지는 않았을 것이다.

퓨처스리그와 나이츠전에도 이런 경우가 있었으나 아무런 위험 없이 헤쳐 나가곤 했는데 메츠의 타자들은 미세한 약점마저도 안타로 연결시켜 버리는 능력을 보여줬다.

3회까지 안타 다섯 개에 볼넷이 한 개.

1실점으로 버틴 것이 용할 정도로 형편없는 투구 내용이었다.

그럼에도 장 코치는 더그아웃 밖에 서 있다가 강찬이 글러브를 끼고 마운드로 나가자 그의 등 뒤에 대고 악다구니를 쓰면서 파이팅을 외쳤다.

울컥하며 고마움이 솟구쳤다.

그랬기에 마운드로 걸어가면서 결코 그냥 물러서지 않을 거라고 다짐했다.

코치진과 선수들의 믿음.

그 믿음이 잘못되지 않았음을 지금부터 보여줄 생각이다.

파앙!

돈 카터를 향해 던진 공은 29개의 코스 중 외곽 상단 모서리에 위치한 13번이었다.

언뜻 보면 볼이라고 판단할 정도로 높아서 배트가 따라 나오지 않을 만큼 정확하게 모서리를 찌른 패스트볼이었다.

그냥 직선으로 꽂힌 게 아니라 12번으로 들어오다가 홈 플레이트 쪽에서 비상하며 13번으로 파고든 완벽한 라이징 패스트볼이었다.

전광판에 찍힌 구속은 151㎞/h.

돈 카터의 눈이 거의 배나 크게 떠졌다.

이전 타석에서도 직구를 경험한 적이 있고 자신이 외야까지 쳐 낸 것도 바로 직구였다.

배트에 맞는 순간 조금 빗맞았다는 느낌이 들었지만 잘하면 넘어갈 수 있을 거란 생각도 했는데 공은 뻗지 못하고 펜스 앞에서 잡혔다.

이런 현상은 투수의 공이 무거울 경우에 종종 발생하는데 강찬의 공이 그랬다.

하지만 다음 타석에 똑같은 공이 온다면 충분히 때려낼 수 있을 것 같았다.

비록 공이 무거워도 구속이 느리고 변화가 없는 직구는 그에게 맛있는 밥이나 다름없기 때문이다.

그런데 다르다.

그냥 다른 게 아니라 직구 자체가 완전히 바뀌어 들어왔는데 워낙 위력적이라 배트를 휘두를 생각조차 하지 못했다.

더군다나 포수의 미트에 박히는 공이 자신의 예측보다 공한 개 정도 위에서 캐칭되었다.

이런 공은 배팅을 했어도 맞추지 못했을 거란 생각이 들 만큼 기가 막힌 코스로 들어왔다.

충격을 완화하기 위해 잠시 타석에서 벗어났던 카터는 심호흡을 하고 다시 타석으로 들어섰다.

이전 타석에 비해서 위력적인 공이 들어왔기 때문에 꼼짝하지 못했을 뿐 때려내지 못할 거란 생각은 전혀 하지 않았다.

메이저리그에서 활약하는 선수들 중에는 160㎞/h를 훌쩍 넘는 강속구 투수들도 여럿 있었다.

그런 투수들의 공도 때려냈는데 새파란 애송이의 공을 못 때려낸다는 건 말도 안 되는 일이었다.

돈 카터는 왼발로 타석의 흙을 고른 후 배트를 휘둘러 마음을 진정시킨 후 공이 날아오기를 기다렸다.

직구일까, 변화구일까.

지금까지 던진 변화구는 수준급이었기 때문에 커브나 슬라이더가 날아올 가능성이 컸다.

그럼에도 직구가 올 가능성도 완전히 배제할 수는 없었다.

놈이 초구에 직구를 던졌다는 건 그만큼 자신감이 생겼다는 걸 의미하기 때문이다.

그럼에도 판단은 변화구에 맞춰졌다.

아무리 구속이 좋아져도 이런 경우에는 거의 변화구를 던진다.

천천히 호흡을 가다듬고 투구를 기다리자 강찬의 손을 떠난 공이 눈 깜박할 사이에 자신의 무릎을 통과해서 포수의 미트로 틀어박혔다.

놀랍기도 했지만 황당함이 더 컸다.

포커페이스를 유지하려 노력했지만 자신도 모르게 굳어져 가는 표정을 느낄 수 있었다.

이전 타석에서는 투수의 손에서 공을 떠난 순간 즉각적인 반응을 통해 본능적으로 판단을 바꿀 수 있었지만 지금은 그것이 아예 통하지 않았다.

흔들리는 고개를 억지로 곧추세우고 타석으로 들어서서

강찬을 노려봤다.

고인 침을 꿀꺽 삼킨 후 강찬의 눈에 시선을 고정시켰다.

메이저리그 5년 동안 타석에 들어서서 긴장감을 느껴본 적은 그리 많지 않았는데 지금은 긴장으로 몸이 위축되는 게 느껴졌다.

이번에는 변화구를 던지겠지. 그것도 타자를 유인하는 데 가장 효과적이라는 외곽으로 흐르는 슬라이더가 올 가능성이 컸다.

워낙 빠른 패스트볼에 두 번이나 당했기 때문에 미리 예측하고 기다리지 않으면 터무니없는 공에 배트가 나갈 수도 있었다.

이런 경우도 수없이 경험했다.

아닐 수도 있으나 거의 90% 이상이 이런 경우 유인구를 던지기 때문에 카터는 마음을 편안하게 진정시키고 배트를 치켜들었다.

승부는 이번 공이 아니라 다음 공에서 결정 날 테니 여유를 되찾는 게 무엇보다 중요했다.

하지만 그의 예측은 공을 날아오는 순간 금방 한숨으로 변하고 말았다.

너무나 놀라서 급하게 배트를 휘둘렀으나 공은 이미 포수 미트에 박힌 후였다.

강찬이 마지막에 던진 공은 외곽을 꽉 채운 153㎞/h짜리 패스트볼이었다.

강찬의 삼진 행진은 그때부터 시작이었다.

4회 선두 타자인 돈 카터를 삼진으로 잡은 강찬은 다음 타자를 유격수 앞 땅볼로 처리한 후 7번 타자를 또다시 삼진으로 처리했다.

그런 후 5회에 들어와서도 8번과 9번 타자를 연속 스탠딩 삼진으로 잡아내며 기세를 올렸다.

메츠의 타자들이 들어설 때마다 환호성이 터져 나오던 관중석은 강찬이 불같은 속구와 낙차 큰 변화구로 메츠의 타자들을 하나씩 삼진으로 잡아내자 어느 순간 조용해지기 시작했다.

그들은 마치 다른 사람처럼 변해 버린 강찬의 투구를 못 믿겠다는 얼굴로 지켜보고 있었는데 어떤 사람들은 혀를 내두르며 도저히 이해할 수 없다는 표정을 짓고 있었다.

그들의 입에서 함성이 다시 나오기 시작한 것은 히메네스가 모습을 보였기 때문이다.

2타수 2안타.

득점을 뽑아낸 히메네스는 앞선 두 타석에서 완벽하게 강찬을 제압하며 안타를 만들어낸 메츠의 리딩 히터였다.

히메네스가 타석으로 들어서자 관중석의 함성이 점점 커져 갔다.

발 빠른 히메네스가 살아서 나가준다면 아무리 구위가 좋아진 강찬이라도 실점을 면하지 못할 것이란 기대감이 관중들의 입에서 다시 함성을 만들어냈다.

히메네스가 손을 들어 고마움을 표시한 후 강찬을 향해 그 특유의 웃음을 떠올렸다.

그의 얼굴에는 여유가 그득했는데 강찬 정도는 의식조차 하지 않는 모습이었다.

강찬은 히메네스의 시선을 피하지 않고 마주 웃어주었다.

내가 우습게 보이는 모양인데 실컷 웃어라.

강찬은 허리를 숙여 로진백을 집어 들고 임관을 바라보았다.

놈은 역시 자신과 생각이 비슷하다.

이제 배터리로 호흡을 맞춘 게 일 년이 넘었고 늘 같이 생활하다 보니 서로의 생각이 같아진 모양이다.

공을 들자 땀이 사라진 손끝에 알싸한 감각이 피어올랐다.

히메네스의 타격 자세는 마치 로봇을 보는 것처럼 단단하게 느껴졌다.

어떤 공이라도 쳐 낼 수 있을 것만 같은 자세.

그뿐만이 아니다.

어딘지 모르게 상대를 찍어 누르는 압박감은 투수를 주눅들게 만들기에 충분했다.

그러나 강찬은 히메네스가 뿜어내는 압박감을 벗어던진지 오래였다.

앞선 두 타석에서는 분명하게 느낀 압박감이지만 원래의 패스트볼이 돌아오자 전혀 두렵다는 생각이 들지 않았다.

부드러운 킥킹과 회전, 그리고 릴리스에 이은 완벽한 피니시.

그동안 수없이 반복해서 훈련한 투구 폼이 물 흐르듯이 펼쳐지며 강찬의 손에서 공이 떠났다.

한복판 직구.

때려볼 테면 때려보라는 심산으로 강찬은 17번 타깃인 한복판 정 가운데로 패스트볼을 던졌다.

눈 깜박할 사이에 날아온 공이 허리를 파고들었지만 히메네스는 꼼짝도 하지 않고 서 있기만 했다.

직구 구속 153km/h.

전광판의 찍힌 숫자를 보며 히메네스의 얼굴에서 웃음이 사라졌다.

이게 뭐지? 그동안 실력을 숨겼어?

아마 그랬을지도 모른다.

그저 연습 경기로 치부하고 전력을 노출시키지 않기 위해

대충 던지다가 상황이 변하자 본래의 실력을 꺼냈을 가능성이 컸다.

그럼에도 이건 너무했다.

메이저리그에서는 쉽게 접할 정도의 구속이지만 홈 플레이트에서의 부양에 타격점은 거의 공 한 개 가까이 차이가 났다.

이번 공은 안 친 게 아니라 못 친 거다.

직구를 던질 거라 미리 알고 대비했어도 이전 타석에서 던진 구위와 워낙 차이가 났기 때문에 헛스윙을 했을 가능성이 컸다.

슬며시 타석을 빠져나간 히메네스는 더그아웃 쪽을 향해 부드럽게 두 번의 스윙을 한 후 다시 타석에 들어섰다.

그의 얼굴에는 어느새 웃음 대신 차가운 맹수의 눈빛이 번들거리고 있었다.

메이저리그에서도 넘버 5 안에 꼽히는 톱타자가 예상외의 직구 하나 때문에 위축된다는 건 말이 되지 않았다.

더군다나 라이징 패스트볼은 리그에서도 몇 번 경험한 적이 있고 공략법도 충분히 숙지하고 있었다.

문제는 놈의 제구력이 다른 놈들보다 훨씬 뛰어나다는 것이고, 구속이 살아나면서 변화구에 대한 부담도 훨씬 커졌다는 데 있었다.

선택과 집중.

동료 타자들이 당하는 것을 보면서 내린 결론은 하나.

시즌 때 리그의 막강한 투수들을 상대할 때 쓰는 것처럼 구질을 선택해서 승부하는 수밖에 없었다.

컨트롤이 뛰어난 투수들과의 승부는 수많은 변수가 작용하기 때문에 동물적인 감각이 없다면 쳐 내기가 어렵다.

150㎞/h의 속도로 날아온 패스트볼이 타자에게 도달하기까지 걸리는 시간은 0.41초에 불과하고 120㎞/h의 변화구는 0.51초다.

속구와 변화구의 차이는 단 0.1초.

그러나 눈 깜박할 그 작은 시간이 타자에게 영원처럼 긴 시간으로 변하는 건 셀 수 없이 벌어지는 일이다.

시간과의 싸움만이 아니다.

같은 직구라도 인코스, 아웃코스가 다르고 높낮이에 차이가 있다.

거기에 변화구는 직구보다 훨씬 더 어렵다.

변화구는 공이 홈 플레이트에서 어떤 각도로 변하느냐에 따라 구질이 결정되기 때문에 타격 타이밍을 전부 다르게 가져가야 한다.

그리고 보면 야구는 타자에게 엄청 불리한 게임이라고 볼 수 있었다.

투수에게는 수많은 공격 무기가 주어지지만 타자에게는 배트 하나만 주어질 뿐이니 말이다.

강찬은 날아온 공을 낚아채고 가슴을 쭉 폈다.

역시 통했다.

아마 놈은 초구부터 대담하게 정면 한복판 승부를 하는 건 꿈에도 생각지 못했을 것이다.

와인드업을 끝낸 강찬은 두 번째 공을 다시 한 번 한복판에 꽂아 넣었다.

똑같은 코스이고 똑같은 속도의 패스트볼이었다.

히메네스는 초구처럼 꼼짝하지 않은 채 배트를 휘두르지 않았는데 번들거리던 눈이 일그러지고 있었다.

생각조차 못 했을 것이다.

아무리 강심장을 가졌다 해도 한복판 정면승부를 두 번이나 한다는 건 용감함을 뛰어넘어 만용이었다.

그러나 강찬의 생각은 달랐다.

투수가 타자를 잡아내기 위해서는 수많은 변수를 고려하고 머리싸움을 통해 원하지 않는 공을 던지는 것이 바람직했으나 이번만큼은 그렇게 하고 싶지 않았다.

두 번의 안타, 두 번의 비웃음, 두 번에 걸친 관중들의 일방적인 환호.

되돌려 주고 싶었다. 완벽하게.

무리라는 걸 알지만 받은 만큼 저놈도 당하는 것이 어떤 건지 뼈저리게 알려주고 싶었다.

어느새 관중들의 환호는 잦아들고 야구장은 팽팽한 긴장감으로 사로잡혔다.

5회 들어와 연속 타자 삼진을 잡은 상태에서 톱타자 히메네스까지 2스트라이크 노 볼로 불리하게 끌려가자 관중들은 입을 닫은 채 긴장된 눈으로 승부를 지켜보고 있었다.

강찬은 관중석과 히메네스를 힐끔 쳐다본 후 유연하고도 강력한 몸짓으로 공을 던졌다.

쐐애액, 팡!

"으……."

또다시 한복판 패스트볼.

이번 공은 이전 공보다 훨씬 빨랐고 전혀 예상치 못했기 때문에 히메네스는 심판의 삼진 선언을 들으며 신음을 쏟아내고 말았다.

미친놈이다.

리그 최고의 교타자를 상대로 똑같은 코스를 세 개나 던지다니 정말 이해가 되지 않았다.

관중들의 침묵은 마치 장례식장에 온 것처럼 조용했다.

메츠의 리딩 히터 히메네스가 단 세 개의 패스트볼로 스탠딩 삼진을 당하는 장면은 그들의 뇌리에 충격으로 각인될 만큼 강렬한 것이었다.

4회부터 팽팽한 투수전으로 변해 버린 시합은 7회가 끝날 때까지 변하지 않았다.

제이든은 1회 이후 산발 2안타로 이글스의 타선을 틀어막았고, 강찬은 4회 이후 볼넷 하나만 기록했을 뿐 안타를 맞지 않았다.

100개의 투구 수를 채운 제이든이 릴리프인 클라크에게 공을 넘겨준 후에도 상황은 변하지 않았다.

클라크는 작년 시즌 27개의 홀드를 기록했을 만큼 구위가 뛰어난 계투 요원이었다.

문제는 제이든이 강판된 후에도 강찬이 마운드로 걸어 나왔다는 것이다.

8회에 들어온 지금까지 강찬이 던진 공은 110개를 기록하고 있었다.

"이것 참, 뭔 일이죠? 강찬 선수, 이제 바꿔줘야 하는 거 아니에요?"

"그러게 말이야. 도대체 무슨 생각을 하는 건지 모르겠군."

강찬이 또다시 마운드에 오르자 황주희가 안타까운 눈으로 김혁을 쳐다봤다.

처음의 불안함을 완벽하게 걷어버리고 강찬은 메츠의 강타선을 꽁꽁 묶어놓은 채 퍼펙트에 가까운 경기를 펼치고 있었다.

아직 구위가 떨어져 보이지는 않지만 워낙 많은 공을 던졌으니 이제는 바꿔줘야 했다.

시즌 경기에서 투구의 한계를 100개로 잡는 것은 긴 레이스를 치러야 하는 투수의 어깨를 철저하게 보호하기 위함이었다.

그런데 이강찬이 8회에도 출전했으니 이해가 되지 않았다.

정규 시즌 경기도 아니고 연습 경기에서 이렇게 무리를 시킨다는 건 말도 안 되는 일이었기에 김혁을 바라보는 황주희의 시선은 어떤 조치라도 취해보라는 간절함이 담겨 있었다.

뭔가 있다.

오랜 기자의 감각이 경종을 울리며 맹렬하게 돌아갔다.

처음엔 그저 이글스가 이기기를 바라는 마음 때문일 것이라고 간단하게 치부하고 말았는데 황주희의 반응은 시시각각 바뀌며 여신답지 않게 감정을 숨기지 못했다.

그게 뭘까?

감정을 숨기지 못할 정도라면 특별한 관계가 있다는 뜻인데 그게 뭔지는 조금 더 알아봐야 될 것 같았다.

"왜 그렇게 봐? 난 기자라고!"

"이글스 코치진이 무슨 생각을 가지고 있는 건지 모르겠어요. 아무리 이기고 싶어도 이건 아닌 것 같아요."

"잘 던지고 있어서 그런 것 아닐까?"

"투수의 어깨는 한 방에 훅 간다고요. 더군다나 강찬 선수는 어깨를 다쳐서 오랜 시간 재활을 했잖아요. 이러다가 또 다칠 수도 있어요."

"주희 씨, 나 정말 궁금해서 그러는데, 강찬이하고 어떤 사이야?"

"어떤 사이라뇨?"

"속일 생각 하지 말고!"

"속이긴 누가 속여요. 난 어제 이강찬 선수 인터뷰하느라고 처음 봤어요."

"정말이야?"

"김 기자님 그렇게 안 봤는데 정말 이럴 거예요!?"

황주희가 노려보자 김혁이 움찔하며 뒤로 물러났다.

워낙 강한 반응에 입맛이 절로 다셔졌다.

보통 이런 경우 대부분의 여자들이 나타내는 반응은 똑같겠지만 아무리 생각해도 접점이 맞춰지지 않았다.

이제 겨우 1군에 올라온 강찬과 야구여신의 스캔들은 어딘지 아귀가 맞지 않는 부분이 있었다.

갈수록 태산이라더니 이강찬의 경우가 그랬다.

황주희뿐만 아니라 이글스 더그아웃 위쪽에 모여 있던 기자들도 모두 강찬이 8회에도 마운드에 오르자 염려를 나타냈다.

팽팽한 투수전을 펼친 제이든은 이미 7회에서 강판되었는데, 특별한 위기가 닥쳤기 때문이 아니라 순전히 선수 보호 차원이었다.

더욱 기가 막힌 건 강찬이 8회에 들어와서도 조금도 위력이 줄지 않는 공을 던지고 있다는 것이었다.

아니, 오히려 시간이 지날수록 점점 더 패스트볼의 구속이 올라가고 있었다.

8회 1아웃 상태에서 히메네스를 스탠딩 삼진으로 때려잡은 인코스 패스트볼의 구속이 무려 157㎞/h를 기록한 것이다.

기자들은 난리가 났다.

강찬의 어깨를 걱정하던 분위기는 순식간에 날아가 버렸고, 매츠의 타자들을 압도하는 강찬의 투구 모습을 찍느라 난리 법석이었다.

비록 이글스의 타자들 역시 구원으로 나선 클라크에게 꼼짝하지 못하고 있었으나 강찬이 보여주고 있는 투구는 이미 뉴스감으로 충분하고도 넘쳤다.

오늘은 되는 날이 분명했다.

기자들은 처음 강찬이 얻어맞기 시작할 때 이미 시말서까지 쓸 각오를 하고 있었는데 상황이 묘하게 변하기 시작하더니 9회 말에 들어와 선두 타자로 나선 가르시아가 기어코 사고를 치고 말았다.

1스트라이크 2볼 상태에서 클라크가 정교하게 구사한 몸쪽 커브를 받아쳐서 기적처럼 홈런을 만들어낸 것이다.

하와이 주민들은 탄식을 터뜨렸지만 소수의 교민들과 기자들은 난리가 났다.

믿지 못할 기적.

이 상태로 9회 말 메츠의 공격만 막아내면 정말 말도 안 되는 사건이 벌어지게 된다.

톰 클랜시 감독은 강찬이 9회에도 마운드에 오르자 팔짱을 낀 채 황당한 시선을 던졌다.

강찬이 지금까지 던진 공은 128개로 4회에서부터 한 개의 볼넷만 허용했을 뿐 여덟 개의 삼진을 곁들이면서 완벽한 투구를 하고 있었다.

3회까지 난타당하면서 던진 공이 무려 72구에 달했기 때문에 클랜시 감독은 강찬이 4회나 5회에서 강판당할 것이라 예상했다.

변화구도 좋고 직구 속도도 괜찮았는데 긴장했는지 예리한 맛이 덜했다.

더군다나 메츠 타자들에 대한 분석이 모자라서 가끔가다 터무니없는 공을 던지며 안타를 얻어맞기도 했다.

그런 놈이 4회 들어서면서부터 귀신이 들렸는지 미친놈처럼 변했다.

직구의 구속은 150㎞/h를 훌쩍 뛰어넘더니 시간이 지날수록 증가되어 8회에는 157㎞/h를 기록했고, 예리한 맛이 부족하던 변화구는 패스트볼이 위력을 보이자 마치 마구처럼 포수의 미트로 빨려들기 시작했다.

어이가 없어 말도 나오지 않았다.

저 정도의 구위라면 메이저리그에서도 최정상급이다.

조금만 보완한다면 메츠의 에이스인 제이슨 브라운 이상으로 성장할 가능성이 컸다.

물론 메츠 타자들이 강찬을 전혀 연구하지 못한 상태이기 때문에 당한 것도 있으나 근본적으로 워낙 수준급의 패스트볼과 변화구를 가지고 있어 미리 알고 있었더라도 공략이 쉬워 보이지 않았다.

이제 마지막 9회.

메츠의 공격은 클린업트리오였고, 여기서 점수를 내지 못하면 치욕의 패배를 당한다.

주지사와의 약속은 둘째 치고서라도 전 세계의 매스컴이 떠드는 통에 온갖 창피란 창피는 다 맛봐야 할지도 몰랐다.

그럼에도 톰 클랜시 감독의 얼굴은 냉정하게 가라앉은 채 강찬의 투구를 면밀하게 지켜보고 있었다.

연습 경기에 불과했으니 지는 건 아무런 문제가 되지 않았고 창피한 건 시간이 지나면 금방 잊히겠지만 훌륭한 투수를 찾아내는 건 정말 어렵고도 힘든 일이었다.

4번 타자인 로즈마저 우익수 플라이로 물러나고 마지막 타자인 돈 카터가 타석으로 들어서자 클랜시 감독의 쥐어진 주먹에서 땀이 배어 나왔다.

카터가 안타를 치라고 응원하는 것이 아니라 강찬이 마지막까지 잘 마무리해 주기를 바라는 마음에서 나오는 긴장감이었다.

이제 이 경기가 끝나면 그는 본국에 있는 메츠의 아시아 전문 스카우터 벤 호크를 즉시 하와이로 날아오게 만들 것이다.

돈이 얼마가 들든 계약 조건이 어떻든 저 동양의 괴물투수를 잡아야 하기 때문이다.

돈 카터의 눈이 흔들리고 있다는 게 느껴졌다.

초구는 156㎞/h의 패스트볼을 몸 쪽 꽉 찬 코스로 던져서 꼼짝 못하게 만들었고, 두 번째 공은 121㎞/h의 외곽으로 뚝 떨어지는 커브였다.

초구와 두 번째 공의 속도 차가 무려 35㎞/h에 달했기 때문인지 카터는 외곽으로 땅바닥에 처박히는 커브에 어이없는 배팅을 하고 말았다.

관중들이 봤을 때는 턱없이 말도 안 되는 스윙이겠지만 카터의 입장에서는 손이 나갈 수밖에 없는 공이었다.

초구와 똑같은 높이로 날아오다 홈 플레이트에서 급격하게 떨어진 커브였으니 패스트볼에 대한 부담감이 커진 상태에서는 무조건 배트가 따라 나갈 수밖에 없었다.

2스트라이크 노 볼.

이제 운명의 마지막 공이 남았다.

볼카운트가 유리했으니 한 개의 유인구를 더 던지는 것이 바람직했으나 강찬은 전혀 그럴 생각이 없었다.

임관은 슬라이더를 요구했으나 강찬은 오랜만에 고개를 흔들었다.

오랜 시간 끔찍한 고통과 외로움, 절망을 딛고 돌아온 직구로 이 모든 것을 이제 끝내고 싶었기 때문이다.

포수석에 앉아 있는 임관은 강찬의 마음을 읽었는지 순순히 고개를 끄덕여 주었다.

대신 장타를 맞아서 다 잡은 게임을 놓칠 수는 없으니 최대한 낮은 코스를 요구해 왔다.

카터가 배트를 치켜들고 자신을 노려보는 걸 확인하며 강찬은 호흡을 고른 후 와인드업 자세를 취했다.

이제 힐튼호텔 시민 구장은 거의 정적에 잠겨 있었다.

그토록 열광적으로 메츠를 응원하던 하와이 주민들은 강찬의 마지막 공을 기다리며 긴장된 눈으로 지켜보고 있었는데 그들의 눈에서 적의가 사라진 건 벌써 오래전의 일이다.

기자들도 마찬가지였다.

그토록 플래시 세례를 퍼부으며 사진을 찍느라 열을 올리던 사람들이 강찬이 마지막 공을 던지기 위해 와인드업 자세를 취하자 주먹을 불끈 쥐고 눈알에 힘을 주었다.

그러나 그들은 강찬이 던진 공을 제대로 확인할 수 없었다.

강찬이 움직였다고 느낀 순간 공은 포수의 미트를 향해 무섭게 날아가다가 순식간에 자취를 감춰 버렸다.

타자는 움직이지 않았고 대신 심판이 허공으로 뛰어올랐다.

바깥쪽 꽉 찬 스트라이크.

158km/h짜리 패스트볼이 타자의 무릎 높이에서 깔려 들어와 정확하게 스트라이크존을 통과해 버린 것이다.

심판의 선언을 지켜본 관중들의 입에서 탄성이 흘러나왔고, 국내 기자들은 함성을 지르며 발광했다.

이역만리 먼 타국 땅에서 만년 꼴찌 이글스가 메이저리그의 강팀 뉴욕 메츠를 꺾는 장면은 그들의 몸에 소름이 돋을 정도의 감격을 주기에 충분했다.

"와아! 와아!"

선수들이 마운드에 서 있는 강찬을 향해 달려 나가는 것을 보며 김남구 감독은 그때서야 길고 긴 한숨을 흘려냈다.

마치 밤새도록 악몽을 꾼 것처럼 온몸에 힘이 하나도 남아 있지 않았다.

일은 벌여놨는데 수습할 길이 마땅치 않았다.

세계에서 가장 강한 팀 중에서 하나를 이겨 버렸으니 당분간 이글스는 언론의 집중적인 취재 대상이 될 것이고, 어쩌면 구단에서는 이번 시즌의 목표가 우승이라며 방방 뜰지도 몰랐다.

이강찬.

어느 정도 기대는 했지만 정말 이렇게까지 완벽하게 해치울 거라고는 상상하지 못했다.

어깨가 풀리자 메츠의 강타선을 농락하듯 박살 낸 강찬의 능력이 한편으로는 두렵게 느껴지기까지 했다.

최고 구속 158㎞/h.

현재 국내 투수 중 실전에서 이런 구속을 뿌려대는 선발투수는 이강찬이 유일했다.

물론 최고 구속만 따진다면 더 빠른 공을 던지는 놈도 있으나 말 그대로 최고 구속에 불과할 뿐 실전에 써먹을 수 있을 정도로 컨트롤이 되는 놈은 전무한 실정이었다.

하지만 이강찬은 달랐다.

이렇게 빠른 공을 던지면서도 자로 잰 듯한 코너워크를 구사했고, 무시무시한 변화구까지 가지고 있으니 메츠의 타자들이 나가떨어진 것은 어쩌면 당연한 일이었다.

하와이의 관중들은 경기가 끝나자 강찬을 향해 기립 박수를 보내주었다.

대단한 경기력을 보여준 투수에게 보내는 경외감에서 우러나온 행동임이 분명했다.

한숨이 흘러나왔다.

관중마저 승복시켜 버린 강찬의 투구가 이번 시즌에 계속된다면 이글스의 우승은 꿈이 아니라 현실로 다가올 수 있기 때문이었다.

장혁태 코치가 더그아웃으로 들어온 것은 선수들이 한바탕 그라운드에서 뒹굴며 승리를 자축하고 일어설 때였다.

"감독님, 뭐하세요?"

"응, 뭐 좀 생각하느라고."

"이제 가시죠. 관중들한테 인사해야 됩니다. 그리고 기자들이 기다리고 있습니다."

"가만있어 봐. 하도 긴장했더니 다리가 풀려서 일어나기가 힘들어."

"농담하지 마시고요."

"넌 어째 내가 무슨 말만 하면 농담이라고 하냐. 정말이니까 조금만 기다려."

"허어, 다리 꼬고 있다가 쥐난 거 아니에요?"

장혁태 코치가 그때서야 걱정스러운 얼굴로 다가서자 김 감독이 다리를 땅바닥에 팡팡 구른 후 슬그머니 일어섰다.

그냥 내버려 두면 장 코치가 부축이라도 할 태세였기 때문이다.

"가자."

"애들이 신났습니다. 메츠를 이겨 버리다니요. 정말 믿기지가 않습니다."

"연습 경긴데 뭘 그래?"

"헐, 긴장해서 다리 풀렸다는 분이 그런 소리가 나와요?"

"그런데 관중들이 왜 꼼짝도 안 하는 거냐?"

"강찬이 때문이죠. 저 사람들은 강찬이가 인사하기를 기다리고 있는 겁니다."

한동안 박수를 쳐 주던 하와이 관중들은 시간이 꽤 지났음에도 자리를 뜨지 않고 승리를 기뻐하는 이글스 선수들을 바라보며 자리를 지키고 있었다.

국내였다면 벌써 반 이상이 자리를 뜨고도 남을 시간이었으나 하와이 관중들은 거의 꼼짝도 하지 않고 뭔가를 기다리고 있었다.

그리고 그 뭔가는 장혁태 코치가 말한 대로 강찬의 인사였다.

황주희는 강찬이 마지막 타자를 삼진으로 잡아내자 펄쩍펄쩍 뛰면서 기뻐했다.

그녀는 얼마나 좋은지 김혁의 팔을 붙잡고 놓지 않았는데 잘못하면 옷이 찢어질 정도로 흔들어대고 있었다.

"그렇게 좋냐?"

"김 기자님, 여긴 하와이라고요. 우리나라 팀이 메츠를 꺾었는데 안 좋아요?"

"왜 안 좋겠어. 그래도 우리 여신님이 너무 과하단 말이지."

"전 감정 표현이 풍부한 여자랍니다."

"어이구, 오죽하겠어요."

"정말 대단하네요. 이강찬 선수, 올해 엄청나겠는데요."

"변수만 없다면 그렇겠지. 더군다나 저렇게 잘생겼으니 여자 팬들이 난리 나겠어. 올해 이글스 장사 잘되겠는데?"

"하여간 김 기자님은 대단하세요."

"그거야 기본이지."

그라운드에서 승리를 자축하는 선수들을 보면서 김혁이

거만하게 고개를 끄덕이자 황주희의 시선이 관중들을 향했다.

　수많은 관중이 아직도 자리를 지킨 채 자리를 벗어나지 않고 있었다.

　관중들을 감동시킬 정도로 이강찬의 투구는 완벽에 가까운 것이었다.

　"할 일이 많아질 것 같네요."

　"그러게 말이야."

　"시간이 없어요. 빨리 움직이지 않으면 잠자기도 어려울 거예요."

　"자, 그럼 이쯤에서 헤어지자."

　"발바닥에 불나겠네요. 고생하세요."

　"그래, 나중에 봐."

　김혁이 급히 자리를 떠나는 걸 보면서 황주희는 희미한 웃음을 흘렸다.

　유쾌한 사람이고 코도 예민해서 냄새도 잘 맡는다.

　김혁이 움직이자 그녀 역시 카메라맨을 대동하고 급히 자리를 떴다.

　할 일이 태산처럼 많았다.

　당장 김남구 감독을 인터뷰해야 했고, 가능하면 메츠의 톰 클랜시 감독도 만나야 했다.

관중들의 반응을 체크하는 건 기본적인 일이고 중요한 장면들도 놓치지 않고 찍어야 했다.

무엇보다 중요한 건 이강찬을 만나는 것이었다.

다른 기자들 역시 그를 만나려고 애쓰겠지만 아마 오늘은 성공하는 사람이 없을 것이다.

야간 경기를 했기 때문에 시간은 벌써 10시를 넘고 있기 때문이다.

하지만 그녀는 달랐다.

이미 어제저녁 만남에서 친구로서 강찬의 핸드폰 번호를 따냈으니 그를 만나는 건 어려운 일이 아닐 것이다.

김남구 감독은 장 코치와 함께 그라운드로 나가 관중들에게 인사를 한 후 더그아웃으로 돌아왔다.

반대쪽으로 뉴욕 메츠의 선수단이 구장을 빠져나가는 것이 보였다.

의외의 일이 벌어진 것은 그가 더그아웃에 도착했을 때였다.

메츠의 톰 클랜시 감독이 마주 걸어 나오며 악수를 청해와 김 감독은 얼떨결에 손을 내밀고 말았다.

영어는 미국으로 코치 연수를 다녀왔기 때문에 웬만한 건 다 알아들을 수 있는 수준은 되었다.

"훌륭한 경기였소. 승리를 축하합니다."

"감사합니다. 이렇게 좋은 기회를 주셔서 한 수 잘 배웠습니다."

"저 투수, 정말 대단했소. 저 사람이 이글스의 에이스가 맞습니까?"

"이번에 1군으로 올라온 친구지요. 앞으로 이글스의 미래가 될 선수입니다."

"그럼 지금까지 2군에 있었단 말입니까?"

"그렇습니다. 저와 함께 2군에서 훈련했습니다."

"믿을 수 없군요."

김남구 감독의 설명에 클랜시 감독이 입을 벌린 채 다물지 못했다.

사전에 이글스에 대한 정보가 전혀 없었기 때문에 선발로 출전한 강찬이 당연히 에이스라고 생각했는데 전혀 예상 밖의 대답이 나오자 황당한 표정을 지우지 못했다.

그러나 그는 곧 원래대로 표정을 바꾸고는 본론을 꺼냈다.

"저희는 이강찬의 계약 내용을 알고 싶습니다."

"그건 왜 묻습니까?"

"이글스에서 허락만 해준다면 메츠에서 이강찬 선수를 스카우트하고 싶으니까요."

"그건 안 됩니다."

"물론 감독님의 입장은 이해합니다. 하지만 선수의 장래를 생각해서라도 충분히 생각해 보시는 게 어떻겠습니까?"

"내가 보내고 싶지 않아서가 아닙니다. 저 친구는……."

『퍼펙트게임』 4권에 계속…

FUSION FANTASTIC STORY

미더라 장편 소설

ODD LAWYER

Devil's Balance

괴짜 변호사
악마의 저울

『즐거운 인생』 미더라 작가의
2015년 대작!

현직 변호사, 형사, 프로파일러, 범죄심리학 전문가 자문으로
현장의 생생함을 그대로 담아낸 현대 판타지!

『괴짜 변호사 : 악마의 저울』

"제가 왜 한 번도 패소한 적이 없는 줄 아십니까?"

"……"

"저는 법으로만 싸우지 않거든요."

법의 칼날 위에서 춤추는 자들과의
치열한 공방이 펼쳐진다!

Book Publishing CHUNGEORAM

유행이 아닌 자유추구 -
WWW.chungeoram.com

월야환담

채월야 · 홍정훈 장편 소설

"미친 달의 세계에 온 것을 환영한다!"

서울을 중심으로 펼쳐지는 뱀파이어, 그리고 뱀파이어 사냥꾼들의 이야기!
한국형 판타지의 신화, 월야환담 시리즈 애장판
그 첫 번째 채월야!

Book Publishing CHUNGEORAM

유행이 아닌 자유추구 -
WWW.chungeoram.com

FUSION FANTASTIC STORY

미더라 장편 소설

ODD LAWYER
Devil's Balance

괴짜 변호사
악마의 저울

『즐거운 인생』 미더라 작가의
2015년 대작!

현직 변호사, 형사, 프로파일러, 범죄심리학 전문가 자문으로
현장의 생생함을 그대로 담아낸 현대 판타지!

『괴짜 변호사 : 악마의 저울』

"제가 왜 한 번도 패소한 적이 없는 줄 아십니까?"

"……."

"저는 법으로만 싸우지 않거든요."

법의 칼날 위에서 춤추는 자들과의
치열한 공방이 펼쳐진다!